Ocho casos de Poirot

Biblioteca Agatha Christie
Relatos

Biografía

Agatha Christie es la escritora de misterio más conocida en todo el mundo. Sus obras han vendido más de mil millones de copias en la lengua inglesa y mil millones en otros cuarenta y cinco idiomas. Según datos de la ONU, sólo es superada por la Biblia y Shakespeare.
Su carrera como escritora recorrió más de cincuenta años, con setenta y nueve novelas y colecciones cortas. La primera novela de Christie, *El misterioso caso de Styles*, fue también la primera en la que presentó a su formidable y excéntrico detective belga, Poirot; seguramente, uno de los personajes de ficción más famosos. En 1971, alcanzó el honor más alto de su país cuando recibió la Orden de la Dama Comandante del Imperio Británico. Agatha Christie murió el 12 de enero de 1976.

Agatha Christie
Ocho casos de Poirot

Traducción: Zoe Godoy

Obra editada en colaboración con Grupo Planeta – Argentina

Título original: *The Under Dog*

Bajo el sello editorial BOOKET M.R.
Avenida Presidente Masarik núm. 111, Piso 2
Polanco V Sección, Miguel Hidalgo
C.P. 11560, Ciudad de México
www.planetadelibros.com.mx

Traducción: Zoe Godoy
Ilustraciones de portada: Rocío Fabiola Tinoco Espinosa y Miguel Angel Chávez Villalpando / Grupo Pictograma Ilustradores
Adaptación de portada: Alejandra Ruiz Esparza

Primera edición impresa en México en Booket: octubre de 2017
Sexta reimpresión en México en Booket: marzo de 2022
ISBN: 978-607-07-4490-7

Impreso en los talleres de Impresora Tauro, S.A. de C.V.
Av. Año de Juárez 343, Colonia Granjas San Antonio, Iztapalapa
C.P. 09070, Ciudad de México.
Impreso en México –*Printed in Mexico*

EL INFERIOR

Lily Murgrave alisó los guantes con gesto nervioso sin quitárselos de encima de la rodilla y dirigió una ojeada rápida al que ocupaba el sillón que tenía enfrente.

Había oído hablar mucho de monsieur Hércules Poirot, el famoso investigador, pero ésta era la primera vez que le veía en carne y hueso. El cómico, casi ridículo, aspecto del digno caballero variaba la idea que se había hecho de él. ¿Podría haber llevado a cabo, en realidad, las cosas maravillosas que se le atribuían con aquella cabeza de huevo y aquellos desmesurados bigotes? De momento estaba absorbido en una tarea verdaderamente infantil: amontonaba, uno sobre otro, pequeños dados de madera, de diversos colores, y la tarea parecía despertar en él una atención mayor que la explicación de ella.

Sin embargo, cuando Lily guardó silencio la miró vivamente.

—Continúe, mademoiselle, por favor. La escucho; esté segura de que la escucho con interés.

Casi en seguida volvió a apilar los dados de madera. La muchacha reanudó la historia, terrorífica, violenta, pero su voz era serena, inexpresiva, y su narración tan concisa, que diríase que se hallaba al margen de todo sentimiento de humanidad.

—Confío —observó al terminar— que me habré expresado con claridad.

Poirot hizo repetidas veces un gesto afirmativo y enfático.

De un revés derribó los dados, diseminándolos sobre la mesa, y acto seguido se recostó en el sillón, unió las puntas de los dedos y fijó la mirada en el techo.

—Veamos —dijo—, a sir Ruben Astwelle le asesinaron hace diez días, y el miércoles, o sea anteayer, la policía detuvo a su sobrino Charles Leverson. Le acusan de los hechos siguientes (si me equivoco en algo, dígalo, mademoiselle): Hace diez días sir Ruben escribía, sentado en la habitación de la Torre, su sanctasanctórum. Mister Leverson llegó tarde y abrió la puerta con su llave particular. El mayordomo, cuya habitación estaba situada precisamente debajo de la Torre, oyó reñir a tío y sobrino. La disputa concluyó con un golpe ahogado.

»Este hecho alarmó al mayordomo y pensó en levantarse para ver lo que sucedía, pero pocos segundos después oyó salir a mister Leverson, dejar la habitación tarareando una canción de moda y renunció a su propósito. Sin embargo, a la mañana siguiente la doncella encontró muerto a sir Ruben sobre la mesa escritorio. Le habían asestado un golpe en la cabeza con un instrumento pesado. De todas maneras, el mayordomo no refirió en seguida su historia a la policía, ¿verdad, mademoiselle?

La inesperada pregunta sobresaltó a Lily Murgrave.

—¿Qué dice? —exclamó.

—Que en estos casos todos solemos alardear de humanidad. Mientras me refería lo sucedido en casa de sir Ruben, de manera admirable y detallada, hay que confesarlo, convertía en muñecos de guiñol a los actores del drama. Pero yo siempre busco en ellos lo que tienen de humano. Por eso digo que el mayordomo ese..., ¿cómo se llama?

—Parsons.

—Digo, pues, que ese Parsons debe poseer las características de su clase. Es decir: que alberga cierta prevención hacia los agentes de policía y que está poco dispuesto a darles explicaciones. Por encima de todo no declarará nada que pueda comprometer a los habitantes de la casa. Estará convencido de que el crimen es obra de cualquier escalador nocturno, de un ladrón vulgar, y se aferrará a la idea con una obstinación extraordinaria. Sí, la fidelidad de los asalariados es curiosa y digna de estudio, de un estudio muy interesante.

Poirot se recostó en el sillón con el rostro resplandeciente.

—Entretanto —continuó—, los demás actores habrán referido cada uno una historia, entre ellos mister Leverson, que asegura que volvió a casa a hora avanzada y no fue a ver a su tío, pues se fue directamente a la cama.

—Eso es lo que dice, en efecto.

—Y nadie duda de la afirmación —murmuró Poirot—, a excepción, quizá, de Parsons. Luego le toca entrar en escena al inspector Miller, de Scotland Yard, ¿no es eso? Le conozco, nos hemos visto una o dos veces en tiempos pasados. Es lo que se llama un hombre listo, astuto como zorro viejo. ¡Sí, le conozco bien! El inspector ve lo que nadie ha visto y Parsons no está tranquilo porque sabe algo que no ha revelado. Sin embargo, el inspector lo pasa por alto. Pero, de momento, queda suficientemente demostrado que nadie entró en casa de sir Ruben por la noche y que debe buscarse dentro, no fuera de ella, al asesino. Y Parsons se siente desgraciado, tiene miedo, por lo que le aliviaría muchísimo compartir con alguien su secreto.

»Ha hecho cuanto ha estado en su mano para evitar un escándalo, pero todo tiene un límite y por ello el inspector Miller ha escuchado su historia y, después de dirigirle una o dos preguntas, ha llevado a cabo averiguaciones que sólo él conoce. El resultado es peligroso, muy peligroso para Charles Leverson porque ha dejado la huella de sus dedos manchados de sangre en un mueble que se encontraba en la habitación de la Torre. La doncella ha declarado también que a la mañana siguiente del crimen vació una palangana llena de agua y sangre que sacó de la habitación de mister Leverson y que a sus preguntas dicho señor contestó que se había cortado un dedo. En efecto, tenía un corte ridículamente insignificante. Y aun cuando lavó uno de los puños de la camisa que llevaba puesta la noche anterior, se descubrieron manchas de sangre en la manga de la chaqueta. Todo el mundo sabe que tenía necesidad urgente de dinero y que a la muerte de sir Ruben debía heredar una fortuna. ¡Oh, sí, mademoiselle! Se trata de un caso muy interesante.

Poirot hizo una pausa.

—Usted ha venido a verme hoy, ¿por qué? —interrogó después.

Lily Murgrave se encogió de hombros.

—Me manda aquí lady Astwell, como le he dicho —contestó.

—Pero viene usted de mala gana, ¿no es cierto?

La muchacha no contestó y el hombrecillo le dirigió una mirada penetrante.

—¿No desea responder?

Lily volvió a calzarse los guantes.

—Me es difícil, monsieur Poirot. Deseo ser fiel a lady Astwell. No soy más que una señorita de compañía a la que se le pagan sus servicios, pero me ha tratado mejor que a una hija o una hermana. Es muy afectuosa y aunque conozco sus defectos no deseo criticar sus actos... ni impedir que usted se encargue de solucionar el caso. No quiero influir en su decisión.

—Monsieur Poirot no se deja influir por nada ni por nadie, *cela ne se fait pas* —manifestó, gozoso, el hombrecillo—. Me doy cuenta de que usted cree que lady Astwell tiene una sospecha, ¿me equivoco en mi presunción?

—Si he de serle franca...

—¡Hable, mademoiselle, hable!

—Estoy convencida de que cree una tontería...

—¿Sí?

—Sin que esto sea una crítica en contra de lady Astwell.

—Comprendo —murmuró Poirot—. Comprendo perfectamente.

Sus ojos la invitaban a continuar.

—Como le decía a usted, es muy buena y amable, pero... ¿cómo lo expresaría yo? No es mujer educada. Ya sabe que actuaba en el teatro cuando sir Ruben se casó con ella y por eso alberga muchos prejuicios, es muy supersticiosa. Cuando dice una cosa, hay que creerle a pies juntillas, porque no atiende a razones. El inspector la ha tratado con poco tacto y esto la mueve a retroceder. Pero dice que es una tontería sospechar de mister Leverson, porque el pobre Charles no es un criminal. La policía es estúpida y comete un temible error.

—Supongo que tendrá sus razones para afirmarlo, ¿no es así?

—No, señor, ninguna.

—¡Ya! ¿De veras?

—Ya le he dicho —continuó Lily Murgrave— que de nada le va a servir acudir a usted y reclamar su ayuda sin tener nada que exponer ni nada en qué basar lo que cree.

—¿De verdad le ha dicho eso? Es muy interesante —dijo Poirot.

Sus ojos dirigieron a Lily una rápida y comprensiva ojeada desde la cabeza a la punta de los pies. Su mirada captó con todo detalle el pulcro y negro traje sastre, el lazo blanco del cuello, la blusa de crespón de China, adornada con gusto exquisito, el elegante sombrero de fieltro negro. Reparó en su elegancia, en el bonito semblante de barbilla afilada, las largas pestañas de un negro azulado e insensiblemente varió de actitud. No era el caso, sino la muchacha que tenía delante lo que despertaba en él un nuevo interés.

—Supongo, mademoiselle, que lady Astwell es una persona algo desequilibrada e histérica...

Lily Murgrave hizo un gesto ansioso de afirmación.

—Sí, la describe usted exactamente —dijo—. Es muy afectuosa, lo repito, pero es imposible discutir con ella, convencerla de que sea lógica.

—Posiblemente sospecha de alguien —insinuó Poirot—. De alguien tan inofensivo que son absurdas sus sospechas.

—¡Precisamente! —exclamó Lily Murgrave—. Le ha tomado ojeriza al secretario de sir Ruben, que es un pobre hombre. Dice que es el asesino de sir Ruben, que ella lo sabe, aunque está demostrado que mister Owen Trefusis no pudo cometer el crimen.

—¿Se funda en algún motivo, en algún hecho, para acusarle?

—Se funda exclusivamente en su intuición.

En la voz de Lily Murgrave se traslucía el desdén.

—Ya veo, mademoiselle, que no cree usted en la intuición —observó Poirot, sonriendo.

—Es una tontería.

Poirot se recostó en el sillón.

—A *les femmes* —murmuró—les gusta creer en ellas. Dicen que es un arma que el buen Dios les ha dado. Pero aunque algunas veces no las engaña otras las extravía.

—Lo sé. Pero ya le he dicho cómo es lady Astwell. No es posible discutir con ella.

—Por eso usted, mademoiselle, que es prudente y discreta, ha creído que de paso que viene a buscarme, debe ponerme *au courant* de la situación...

Una inflexión particular en la voz de Poirot hizo que Lily Murgrave levantase la cabeza.

—Sí —murmuró excusándose—, aunque conozco el valor de su tiempo.

—Usted me lisonjea, mademoiselle. Mas, en efecto, en estos momentos me encuentro ocupado en la solución de varios casos.

—Ya me lo temía —dijo Lily poniéndose en pie—. Le diré a lady Astwell que...

Pero Poirot no se levantó. Permaneció sentado mirando fijamente a la muchacha.

—¿Tiene prisa, mademoiselle? —interrogó—. Aguarde un momento, por favor.

Lily se ruborizó, luego se puso pálida, pero volvió a tomar asiento de mala gana.

—Mademoiselle es viva y adopta sus decisiones rápidamente. Perdone que un viejo como yo sea más lento. Usted se equivoca, mademoiselle. Yo no me niego a hacerle una visita a lady Astwell.

—Entonces, ¿vendrá a verla?

La muchacha se expresó en un tono frío. No miraba a Poirot, tenía los ojos fijos en el suelo y por eso no se dio cuenta del examen atento a que él la sometía en aquel momento.

—Diga a lady Astwell, mademoiselle, que estoy a su disposición. Iré por la tarde a Mon Repos. Es el nombre de la finca, ¿verdad?

Poirot se puso de pie y la muchacha le imitó.

—Se lo diré. Agradezco mucho la atención, monsieur Poirot. Sin embargo, temo que va usted a perder el tiempo.

—Bien pudiera ser. Sin embargo, ¡quién sabe!

Poirot la acompañó con versallesca cortesía hasta la puerta. Luego volvió a entrar en la salita pensativo, con el ceño fruncido. Abrió una puerta y llamó al ayuda de cámara.

—Mi buen George, prepáreme una maleta, se lo ruego. Me voy al campo.

—Sí, señor —repuso George.

Era de tipo muy inglés: alto, cadavérico, inexpresivo.

—¡Qué fenómeno tan interesante es una muchacha, George! —observó Poirot dejándose caer sobre el sillón y encendiendo un cigarrillo—. Sobre todo cuando es inteligente, ¿comprendes? Te pide una cosa y al propio tiempo pretende convencerte de que no lo hagas. Para ello se requiere suma *finesse d'esprit*. Pero esa muchacha es muy lista, sí, muy lista. Sólo que ha tropezado con Hércules Poirot y éste posee una inteligencia excepcional, George.

—Se lo he oído decir al señor varias veces.

—No es el secretario quien le interesa y desprecia la acusación de lady Astwell, pero no quiere que "se altere el sueño de los que duermen". Y yo, George, lo alteraré. ¡Les obligaré a luchar! En Mon Repos se está desarrollando un drama, un drama humano que me excita los nervios. Y aunque esa pequeña es lista, no lo es lo suficiente. ¿Qué será, señor, lo que vamos a encontrar allí?

Interrumpió la pausa dramática que sucedió a estas palabras la voz de George, que preguntó en un tono muy natural:

—¿El señor desea llevarse el traje de etiqueta?

Poirot le miró con tristeza.

—Siempre ese cuidado, esa atención constante a sus obligaciones. Es muy bueno para mí, George —repuso.

Cuando el tren de las cuatro y cuarenta y cinco llegó a la estación de Abbots Cross descendió de él monsieur Hércules Poirot, vestido de manera impecable y con los bigotes rígidos a fuerza de cosmético. Entregó su billete, franqueó la barrera y se vio delante de un chofer de buena estatura.

—¿Monsieur Poirot?

El hombrecillo le dirigió una mirada alegre.

—Así me llaman —dijo.

—Entonces tenga la bondad de seguirme. Por aquí.

Y abrió la portezuela de un hermoso Rolls Royce. Mon Repos distaba apenas tres minutos de la estación.

Allí el chofer descendió del coche, abrió la portezuela y Poirot echó pie a tierra. El mayordomo tenía ya la puerta de entrada abierta.

Antes de franquear el umbral, Poirot lanzó una rápida ojeada a su alrededor. La casa era hermosa y sólida, de ladrillo rojo, sin ninguna pretensión de belleza, pero con el aspecto de una comodidad positiva.

Poirot entró en el vestíbulo. El mayordomo tomó de sus manos, con la desenvoltura que da la práctica, el abrigo y el sombrero, y a continuación murmuró con esa media voz respetuosa y característica de los buenos servidores:

—Su Señoría espera al señor.

Poirot le siguió pisando una escalera alfombrada. Aquel bien educado sirviente debía ser Parsons, no cabía duda, y sus modales no revelaban la menor emoción. Al llegar a lo alto de la escalera torció a la derecha y marchó seguido de Poirot por un pasillo. Desembocaron en una pequeña antesala en la que se abrían dos puertas. Parsons abrió la de la izquierda y anunció:

—Monsieur Poirot, milady.

La habitación, de dimensiones reducidas, estaba atestada de muebles y de *bibelots*. Una mujer, vestida de negro, se levantó de un sofá y salió vivamente a su encuentro.

—¿Cómo está usted?

Su mirada recorrió rápidamente la figura del detective.

—Bien, ¿y usted, milady? —exclamó éste, tras darle un vigoroso y fugaz apretón de manos.

—¡Creo en los hombres pequeños! Son inteligentes.

—Pues si mal no recuerdo, el inspector Miller es también de corta estatura —murmuró Poirot.

—¡Es un idiota presuntuoso! —dijo lady Astwell—. Siéntese aquí, a mi lado, si no tiene inconveniente.

Indicó a Poirot el sofá y siguió diciendo:

—Lily ha tratado de convencerme de que no le llamase pero ya comprenderá que a mis años sé muy bien lo que quiero.

—¿De veras? Pues es un don poco común —observó Poirot, siguiéndola hasta el sofá.

Lady Astwell sentóse sobre los almohadones y hecho esto, se volvió a mirarle.

—Lily es bonita —dijo—, pero cree saberlo todo y las personas que creen saberlo todo se equivocan. Me lo dice la experiencia. Yo no soy inteligente, no, monsieur Poirot, pero creo en las corazonadas. Y ahora, ¿quiere o no que le diga quién es el asesino de mi marido? Porque una mujer lo sabe.

—¿Lo sabe también miss Murgrave?

—¿Qué le ha dicho ella? —preguntó con acento vivo lady Astwell.

—Nada. Se ha limitado a exponer los hechos del caso.

—¿Los hechos? Sí, son desfavorables a Charles, naturalmente, pero le digo a usted, monsieur Poirot, que él no ha cometido el crimen. ¡Sé que no lo ha cometido!

Lo dijo con una seriedad desconcertante.

—¿Está bien segura, lady Astwell?

—Trefusis mató a mi marido, monsieur Poirot, estoy segura de ello.

—¿Por qué?

—¿Por qué le mató, quiere usted decir o por qué estoy tan segura? ¡Lo sé, repito! Créame, me di cuenta de ello en seguida y lo sostengo.

—¿Beneficia en algo a mister Trefusis la muerte de sir Ruben?

—Mi marido no le deja un solo penique —replicó prontamente lady Astwell—, lo que demuestra que ni le gustaba su secretario ni confiaba en él.

—¿Llevaba mucho tiempo a su servicio?

—Unos nueve años, poco más o menos.

—No es mucho —dijo Poirot en voz baja—. Sin embargo, sí lo es permanecer ese tiempo al lado de una misma persona. Sí, mister Trefusis debía conocerle a fondo.

Lady Astwelle miró fijamente.

—¿A dónde quiere ir a parar? No veo qué relación tiene una cosa con otra.

—No me haga caso. Mi observación responde a una idea. Es una idea poco interesante, pero original, quizá, que se relaciona con el efecto que produce en algunas personas la servidumbre.

Lady Astwellle seguía mirando fijamente sin comprender.

—Es usted muy perspicaz, ¿verdad? Lo asegura todo el mundo —dijo como si lo pusiera en duda.

Hércules Poirot se echó a reír.

—Quizá me haga el mismo cumplido cualquier día de estos, madame. Pero, volvamos al móvil del crimen. Hábleme del servicio, de las personas que estaban en esta casa el día de la tragedia.

—Charles estaba en ella, naturalmente.

—Tengo entendido que era sobrino de su marido, no de usted...

—En efecto. Charles es el único hijo de una hermana de Ruben. Esta señora se casó con un hombre relativamente rico, pero murió arruinado, como tantos jugadores de Bolsa de la City; su mujer murió también y entonces Charles se vino a vivir con nosotros. Tenía entonces veintitrés años y seguía la carrera de leyes, pero poco después, Ruben le colocó en el negocio.

—¿Era trabajador mister Leverson?

—Veo que posee una comprensión rápida, eso me agrada —dijo lady Astwell—. No, Charles no era trabajador, por desgracia. Y por ello reñía continuamente con su tío, que le reprendía por lo mal que desempeñaba sus obligaciones. Claro que el pobre Ruben no era tampoco muy comprensivo. En más de una ocasión me había visto obligada a recordarle que él también fue joven una vez. Pero había cambiado mucho, monsieur Poirot —concluyó lady Astwell con un suspiro.

—Es la vida, milady —repuso Poirot.

—Sin embargo, nunca fue grosero conmigo. Y si alguna vez se fue de la lengua, pobre Ruben, se arrepentía al momento.

—Tenía un carácter difícil, ¿verdad?

—Yo sabía manejarle —repuso lady Astwell con aire de triunfo—, pero a veces perdía la paciencia con los sirvientes. Hay muchas maneras de mandar, monsieur Poirot, pero Ruben no acertaba a dar con la que convenía.

—¿A quién ha legado sir Ruben su fortuna, lady Astwell?

—Me deja una mitad y a Charles la otra —replicó lady Astwell—. Los abogados no lo explican de una manera tan rotunda, pero en esencia viene a ser lo mismo tal como le digo.

Poirot hizo un gesto de afirmación.

—Comprendo, comprendo —murmuró—: Ahora le ruego, señora, que me describa a los habitantes de la casa. Viven en ella usted, mister Charles Leverson, sobrino de sir Ruben, el secretario Owen Trefusis y miss Lily Murgrave. Cuénteme alguna cosa de la señorita.

—¿Se refiere a Lily?

—Sí. ¿Lleva muchos años a su servicio?

—Un año tan sólo. He tenido muchas compañeras secretarias, ¿sabe?, pero todas ellas han acabado por excitarme los nervios. Lily es distinta. Está llena de tacto, de sentido común, y además es muy simpática. A mí me gusta tener al lado caras bonitas, monsieur Poirot. Soy muy especial: siento simpatías y antipatías y me guío por ellas. En cuanto vi a esta muchacha me dije: "servirá". Y así ha sido.

—¿Se la recomendó alguna amiga?

—No, vino en respuesta a un anuncio que puse en los periódicos.

—¿Sabe quiénes son sus padres? ¿De dónde procede?

—Su padre y su madre viven en la India, según creo. En realidad no conozco muchos detalles de su vida. Pero Lily es una señora. Se ve en seguida, ¿verdad?

—Sí, desde luego, desde luego.

—Yo no soy una señora —siguió diciendo lady Astwell—. Lo sé y los sirvientes también lo saben, pero no soy mezquina. Sé apreciar lo bueno que tengo delante y nadie se ha portado mejor conmigo que Lily. Por ello considero a esa muchacha como a una hija, monsieur Poirot.

Poirot alargó el brazo y colocó en su sitio uno o dos objetos que estaban encima de la mesa vecina.

—¿Compartía sir Ruben los mismos sentimientos? —interrogó después.

Tenía puestos los ojos en los pantalones de sport, pero se dio cuenta de la pausa que hizo lady Astwell antes de contestar a la pregunta.

—Los hombres son distintos. Pero los dos estaban en buenas relaciones.

—Gracias, madame —sonrió Poirot.

Hubo una pausa.

—Bien, ¿conque todas estas personas estaban aquella noche en casa... a excepción, claro está, de la servidumbre? ¿No es eso?

—También estaba Victor.

—¿Victor?

—Sí, mi cuñado, el socio de Ruben.

—¿Vive con ustedes?

—No, acababa de llegar a Inglaterra. Ha estado varios años en África Occidental.

—En África Occidental —murmuró Poirot.

Se estaba dando cuenta de que si le daban el tiempo suficiente lady Astwell sabría desarrollar, por sí sola, un tema de conversación.

—Dicen que es un país maravilloso, pero a mí me parece que ejerce una influencia perniciosa sobre determinadas personas. Beben mucho y se desmoralizan. Ningún Astwell tiene buen carácter, pero el de Victor ha empeorado desde su ida al África. A mí misma me ha asustado más de una vez.

—Y también a miss Murgrave, ¿no es así?

—¿A Lily? No creo, apenas se han visto.

Poirot escribió una o dos palabras en el diminuto libro de notas que guardaba en el bolsillo.

—Gracias, lady Astwell. Y ahora, si no tiene inconveniente, deseo hablar con Parsons.

—¿Quiere que le diga que suba?

La mano de lady Astwell se acercó al timbre, pero Poirot detuvo el ademán rápidamente.

—¡No, mil veces no! —exclamó—. Bajaré yo a verle.

—Si lo juzga preferible...

Lady Astwell se sintió decepcionada, porque hubiera deseado tomar parte en la futura escena, pero Poirot añadió, adoptando un aire de misterio:

—Preferible, no; es esencial.

Con lo que dejó a la buena mujer impresionada.

Encontró a Parsons, el mayordomo, en la cocina, limpiando la plata. Poirot inició la conversación con una de sus graciosas inclinaciones de cabeza.

—Soy detective —dijo.

—Sí, señor, lo sé —repuso Parsons.

Su acento era respetuoso, pero impersonal.

—Lady Astwell envió a buscarme —le explicó Poirot— porque no está satisfecha, no, no está satisfecha.

—He oído decir eso a Su Señoría en diversas ocasiones.

—Bueno. ¿Para qué voy a contarle lo que ya sabe? No perdamos el tiempo en esas tonterías. Condúzcame, por favor, a su habitación y me dirá lo que oyó la noche del crimen.

La habitación del mayordomo se hallaba en la planta baja. En el vestíbulo de la servidumbre. Tenía rejas en las ventanas. Parsons indicó a Poirot el angosto lecho.

—Me metí en la cama a las once de la noche, señor —dijo—. Miss Murgrave se había retirado ya a descansar y lady Astwell se encontraba con sir Ruben en la habitación de la Torre.

—¡Ah! ¿Estaba con sir Ruben? Está bien, prosiga.

—Esa habitación está ahí arriba, encima de ésta. Cuando sus ocupantes hablan en voz alta se oye el murmullo de sus voces, pero naturalmente, no se comprende lo que dicen, excepto alguna que otra palabra suelta, ¿comprende? A las once y media dormía a pierna suelta. A las doce me despertó un portazo. Mister Leverson volvía de la calle. Poco después oí el ruido de pasos y a continuación su voz. Hablaba con sir Ruben, por lo visto.

»No puedo asegurarlo, pero me pareció que si no estaba precisamente embriagado se sentía inclinado a hacer ruido y a mostrarse indiscreto porque dijo no sé qué a su tío a voz en cuello. Luego sonó un grito agudo al que sucedió un golpe particular, como la caída de un cuerpo pesado.

Hubo una pausa. Parsons repitió con acento impresionante las últimas palabras.

—La caída de un cuerpo pesado, ¿comprende? Después oí exclamar a mister Leverson, lo mismo que si le tuviera delante: "¡Oh, Dios mío, Dios mío!".

A pesar de su primera y visible repugnancia, Parsons disfrutaba ahora con su relato. Se creía sin duda buen narrador y para llevarle la corriente Poirot hizo un comentario lisonjero.

—*Mon Dieu!* —murmuró—. ¡Qué emoción debió usted sentir!

—Y que lo diga, señor. Ciertamente, señor —repuso el mayordomo—. Pero entonces no me paré a pensar en lo que sentía o dejara de sentir; sólo se me ocurrió ir a ver lo que pasaba. Por cierto que al encender la luz eléctrica derribé una silla.

»Crucé el vestíbulo de la servidumbre y fui a abrir la puerta del pasillo. Al llegar al pie de la escalera que conduce a la Torre me detuve, indeciso, y entonces sonó por encima de mi cabeza la voz de mister Leverson que decía cordial y alegremente: "Por fortuna no ha sucedido nada. ¡Buenas noches!". Y le oí avanzar, silbando entre dientes, por el pasillo en dirección a su dormitorio.

»Entonces me volví a la cama pensando que sin duda se habría caído algún mueble porque, dígame señor, ¿cómo iba a sospechar que acababa de asesinar a sir Ruben después de darme, con toda despreocupación, mister Leverson, las buenas noches?

—¿Está bien seguro de que oyó usted su voz?

Parsons miró al pequeño belga con aire de compasión. Estaba convencido de lo que afirmaba.

—¿Desea saber algo más el señor?

—No, deseo hacerle una sola pregunta. ¿Le gusta a usted Leverson?

—No le comprendo, señor.

—Se trata de una simple pregunta. ¿Le es simpático mister Leverson?

Parsons pasó del sobresalto al embarazo.

—Es opinión general de la servidumbre... —comenzó a decir; y calló de repente.

—Diga, dígalo en la forma que guste.

—Pues la servidumbre opina, señor, que es un caballero muy generoso, pero... no muy inteligente.

—¡Ah! ¿Sabe, Parsons, que sin tener el gusto de conocerle, me adhiero a esa opinión?

—Ciertamente, señor.

—¿Y puede saberse ahora qué opina usted... qué opina la servidumbre, del secretario de sir Ruben?

—Opina que es un caballero muy callado, muy paciente, que no ocasiona ninguna molestia.

—*Vraiment!* —dijo Poirot.

El mayordomo tosió.

—Su Señoría, señor —murmuró—, es algo precipitada en sus juicios.

—¿De manera que, en opinión de la servidumbre, mister Leverson es el autor del crimen?

—Verá: a nadie le gusta pensar que ha sido él; además, no posee un temperamento criminal.

—Pero tiene mal genio, ¿no es así?

Parsons se le acercó un poco más.

—¿Desea saber cuál es el miembro de la familia que tiene peor carácter? —preguntó.

Poirot levantó la mano.

—No —contestó—. Por el contrario, me disponía a preguntarle cuál es el que lo tiene mejor.

Parsons se le quedó mirando con la boca abierta.

Poirot no perdió más tiempo. Le dirigió una amable inclinación de cabeza, porque era amable con todo el mundo, y salió de la habitación al gran vestíbulo cuadrado de Mon Repos. Al llegar a su centro se detuvo, absorto un instante y después, al oír un leve sonido, ladeó la cabeza como un pajarillo y, sin hacer el menor ruido, se acercó a una puerta.

Al llegar al umbral volvió a detenerse para echarle un vistazo a la habitación que hacía las veces de biblioteca. Sentado a una mesita divisó, escribiendo, a un joven pálido y delgado. Tenía una barbilla saliente y llevaba gafas.

Poirot le examinó unos segundos y a continuación rompió el silencio reinante con una tosecilla teatral.

—¡Ejem! —exclamó.

El joven dejó de escribir y levantó la cabeza. No parecía sobresaltado, pero miró a Poirot con expresión perpleja.

Éste avanzó unos pasos.

—¿Tengo el honor de hablar con mister Trefusis? —preguntó—. Me llamo Hércules Poirot. Pero supongo que ya habrá oído hablar de mí...

—Oh, sí, ya lo creo —balbuceó el joven.

Poirot le miró con más atención.

Representaba tener unos treinta años y el detective vio en seguida que no era posible que nadie tomara en serio la acusación de lady Astwell, porque mister Trefusis era un joven correcto, atildado, tímido, es decir, el tipo de hombres a quien puede tratarse y se trata sin ningún miramiento.

—Ya veo que lady Astwellle le ha hecho venir —dijo—. ¿Puedo servirle en algo?

Se mostraba cortés sin ser efusivo. Poirot tomó una silla y murmuró con acento suave:

—¿Le ha confiado lady Astwell sus sospechas? ¿Está enterado de lo que supone?

Owen Trefusis sonrió un poco.

—Creo que sospecha de mí —contestó—. Es un absurdo, pero no deja de ser cierto. Desde la noche del crimen no me dirige la palabra y cuando yo paso se estremece y se pega a la pared.

Su actitud era perfectamente natural y su voz dejaba traslucir más diversión que resentimiento. Poirot adoptó un aire de atrayente franqueza.

—Quede esto entre nosotros, pero así lo ha dicho —declaró—. Yo no he querido discutir jamás con las señoras, sobre todo cuando se sienten tan seguras de sí mismas. Es una lamentable pérdida de tiempo, ¿comprende?

—Oh, sí, comprendo.

—Sólo le he contestado: "Sí, milady. Perfectamente, milady. *Précisement*, milady". Esas palabras no significan nada o muy poca cosa, pero tranquilizan. Entretanto llevo a cabo una investigación porque parece imposible que nadie, a excepción de mister Leverson, haya cometido el crimen, pero..., bien, lo imposible ha sucedido ya antes de ahora.

—Comprendo perfectamente su actitud —repuso el secretario— y le ruego que me considere a su entera disposición.

—*Bon* —dijo Poirot—. Ahora nos entendemos. Tenga la bondad de referirme los acontecimientos de aquella noche. Será mejor para la buena comprensión que comience por la cena.

—Leverson no asistió a ella —dijo el secretario—. Había tenido una seria desavenencia con su tío y se fue a cenar al Golf Club. Por tanto, sir Ruben estaba de pésimo humor.

—No era muy amable ese monsieur, ¿verdad? —dijo Poirot.

—¡Oh, no! Era un bárbaro. Le conocí bien; no en balde le serví por espacio de nueve años y digo, monsieur Poirot, que era hombre extraordinariamente difícil de complacer. Cuando se encolerizaba era presa de verdaderos ataques infantiles de rabia, durante los cuales insultaba a todo aquel que se le acercaba. Yo ya me había habituado y adopté la costumbre de no prestar, en absoluto, la menor atención a lo que decía. No era mala persona, pero sí exasperante y bobo. Lo mejor era, pues, no responder ni una palabra.

—¿Se mostraban los demás tan prudentes como lo era usted?

Trefusis se encogió de hombros.

—Lady Astwell disfrutaba oyéndole despotricar. No le tenía miedo, por el contrario le defendía y le daba cuanto exigía. Después hacían las paces porque sir Ruben la quería de veras.

—¿Riñeron la noche del crimen?

El secretario le miró de soslayo, titubeó un momento y contestó luego:

—Así lo creo. ¿Por qué lo pregunta?

—Porque se me ha ocurrido. Eso es todo.

—Naturalmente, no lo sé —explicó el secretario—, pero me parece que sí.

—¿Quién más se sentó a la mesa?

—Miss Murgrave, mister Victor Astwell y un servidor.

—¿Qué hicieron después de cenar?

—Pasamos al salón. Sir Ruben no nos acompañó. Diez minutos después vino a buscarme y me armó un escándalo por algo sin importancia relacionado con una carta. Yo subí con él a la Torre y arreglé el error; luego llegó mister Victor Astwell diciendo que deseaba hablar a solas con su hermano y entonces bajé a reunirme con las señoras.

»Al cabo de un cuarto de hora sir Ruben tocó, con violencia, la campanilla y Parsons vino a rogarme que subiera a la Torre en seguida. Cuando entré en ella salía mister Astwell con tanta prisa que a poco más me derriba. Era evidente que había ocurrido algo y que se sentía trastornado. Tiene un carácter muy violento y es muy posible que no me viera.

—¿Hizo sir Ruben algún comentario?

—Me dijo: "Victor es un lunático; en uno de esos ataques de rabia hará alguna sonada".

—¡Ah! —exclamó Poirot—. ¿Tiene idea de qué trataron? —No, señor, en absoluto.

Poirot volvió con lentitud la cabeza y miró al secretario. Había pronunciado con demasiada precipitación estas últimas palabras y estaba convencido de que Trefusis podía haber dicho más si hubiera querido. Pero no le instó a que lo dijera.

—¿Y después...? Continúe, por favor.

—Trabajé con sir Ruben por espacio de hora y media. A las once en punto llegó sir lady Astwell y sir Ruben me dio permiso para que me retirase.

—¿Y se retiró?

—Sí.

—¿Tiene idea del tiempo que permaneció lady Astwell haciéndole compañía?

—No, señor. Su habitación está en el primer piso, la mía en el segundo y por esto no la oí salir de la Torre.

—Entendido.

Poirot se puso en pie de golpe.

—Ahora, monsieur, tenga la bondad de conducirme a la Torre.

Siguió al secretario por la amplia escalera hasta el primer rellano y allí Trefusis le condujo por un corredor, y luego por una puerta falsa que había al final, a la escalera de servicio. Sucedía a ésta un corto pasillo que terminaba ante una puerta cerrada. Franqueada esta puerta se encontraron en la escena del crimen.

Era una habitación de techo más elevado que el de los demás de la casa y tenía poco menos de treinta metros cuadrados. Espadas y azagayas ornaban las paredes y sobre las mesas vio Poirot muchas antigüedades indígenas. En uno de sus extremos, junto a una ventana, había un hermoso escritorio. Poirot se dirigió en línea recta hacia aquella mesa.

—¿Es aquí donde encontraron muerto a sir Ruben? —interrogó.

Trefusis hizo un gesto de afirmación.

—¿Le golpearon por detrás, según tengo entendido?

El secretario volvió a afirmar con el gesto.

—El crimen se cometió con una de esas armas indígenas —explicó—, tremendamente pesada. La muerte fue instantánea.

—Esto afirma mi convicción de que no fue premeditado. Tras una acalorada discusión, el asesino debió arrancar el... arma de la pared casi inconscientemente.

—¡Sí, pobre mister Leverson!

—¿Y después se encontraría, sin duda, el cadáver caído sobre la mesa?

—No, había resbalado hasta el suelo.

—¡Ah, es curioso!

—¿Curioso? ¿Por qué?

—Por eso.

Poirot señaló a Trefusis una mancha redonda e irregular que había en la bruñida superficie de la mesa.

—Es una mancha de sangre, *mon ami.*

—Debió salpicar o quizá la dejaron después los que levantaron el cadáver —sugirió Trefusis.

—Sí, es muy posible —repuso Poirot—. ¿La habitación tiene dos puertas?

—Sí, ahí detrás hay otra escalera.

Trefusis descorrió una cortina de terciopelo, que ocultaba el ángulo de la habitación más próxima a la puerta de entrada y apareció una escalera de caracol.

—La Torre perteneció a un astrónomo. Esa escalera conduce a la parte superior, donde estaba colocado el telescopio.

Sir Ruben instaló en ella un dormitorio y en ocasiones, cuando trabajaba hasta horas avanzadas de la noche, dormía en él.

Poirot subió torpemente los peldaños. La habitación circular en que se terminaba la escalera estaba amueblada simplemente con un lecho de campaña, una silla y un tocador. Después de asegurarse de que no tenía otra salida, Poirot volvió a bajar a la habitación donde Trefusis se había quedado aguardando.

—¿Oyó llegar de la calle a mister Leverson? —le preguntó.

Trefusis meneó la cabeza.

—No, señor. Dormía profundamente.

—*Eh bien!* —exclamó después—. Me parece que ya no nos resta nada que hacer aquí a excepción de..., ¿me hace el favor de correr las cortinas?

Trefusis tiró, obediente, de las pesadas cortinas negras que pendían de la ventana al otro extremo de la habitación.

Poirot encendió la luz central oculta en el fondo de un enorme cuenco de alabastro que pendía del techo.

—¿Tiene alguna otra luz la habitación? —interrogó.

El secretario encendió, como respuesta, una enorme lámpara de pie, de pantalla verde, que estaba colocada junto al escritorio. Poirot apagó la del techo, luego la encendió y la volvió a apagar.

—*C'est bien* —exclamó—. Hemos concluido.

—Se cena a las siete y media —murmuró el secretario.

—Bien. Gracias, mister Trefusis, por sus bondades.

—No hay de qué.

Poirot se dirigió pensativo por el pasillo a la habitación que se le había asignado. El inconmovible George estaba ya en ella sacando la ropa de la maleta.

—Mi buen George —dijo Poirot al verle—, esta noche a la hora de cenar voy a conocer a un caballero que me intriga muchísimo. Vuelve de los trópicos, George, y posee un carácter... muy tropical. Parsons pretendía hablarme de él, pero

Lily Murgrave no le ha mencionado. También el difunto sir Ruben tenía un carácter irascible, George. Vamos a suponer que se pusiera en contacto con un hombre más colérico que él, ¿qué pasaría? Que uno de los dos saltaría, ¿no?

—Sí, señor, saltaría... o no.

—¿No?

—No, señor. Mi tía Jemima, señor, tenía una lengua muy larga y mortificaba sin cesar a una hermana pobre, que vivía con ella. Le hacía la vida imposible, en realidad. Pues bien: la hermana no toleraba que se le defendiera. No soportaba la dulzura ni la conmiseración de las gentes.

—¡Ya! Tiene gracia —observó Poirot.

George tosió.

—¿Desea algo más el señor? —dijo muy circunspecto—. ¿Quiere que le ayude a vestirse?

—Mire, hágame un pequeño favor —repuso Poirot prontamente—. Averigüe, si puede, de qué color era el vestido que llevaba miss Murgrave la noche del crimen y qué doncella la sirve.

George recibió el encargo con su impasibilidad acostumbrada.

—El señor lo sabrá mañana por la mañana —contestó.

Poirot se levantó de la silla y se situó delante del fuego encendido en la chimenea.

—George, me es usted muy útil—murmuró—. No me olvidaré de la tía Jemima.

Sin embargo, aquella noche no fue presentado a Victor Astwell, a quien sus obligaciones retenían en Londres, según explicó en un telegrama.

—Atiende los negocios de su difunto marido, ¿verdad? —preguntó a lady Astwell.

—Victor era un socio —explicó ella—. Fue al África para echarle una ojeada a unas concesiones mineras que interesaban a la sociedad. Es decir... ¿eran mineras, Lily?

—Sí, lady Astwell.

—Eso es. Son minas de... oro o de cobre o de estaño. Tú debes saberlo, Lily, mejor que yo porque recuerdo que hiciste varias preguntas a Ruben. ¡Oh, cuidado, querida! Vas a tirar ese jarrón.

—Hace calor junto al fuego —dijo la muchacha—. ¿Podría... abrir un poco la ventana?

—Como gustes, querida —repuso lady Astwell.

Poirot siguió con la vista a la muchacha cuando fue a abrir la ventana y permaneció un minuto o dos junto a ella aspirando el aire puro de la noche. A su vuelta aguardó a que tomara asiento para interrogar cortésmente:

—Así que, mademoiselle, le interesa el negocio de minas, ¿no es eso?

—Oh, no, nada de eso —repuso Lily con indiferencia—. Me gustaba escuchar las explicaciones de sir Ruben, pero soy profana en la materia.

—Pues si no te interesa finges muy bien —insinuó lady Astwell— porque el pobre Ruben creía que tenías una razón secreta para interrogarle.

Los ojos del detective no se separaron del fuego que contemplaba fijamente. Sin embargo, advirtió el rubor con que la contrariedad tiñó las mejillas de Lily Murgrave y con sumo tacto cambió de conversación. Cuando llegó la hora de dar las buenas noches dijo a la dueña de la casa:

—¿Me permite dos palabras, madame?

Lily Murgrave se eclipsó discretamente y lady Astwell dirigió una mirada de curiosa interrogación al detective.

—¿Fue usted la última persona que vio con vida a sir Ruben? —preguntó Poirot.

Lady Astwell afirmó con un gesto. Las lágrimas brotaron de sus ojos y las enjugó apresuradamente con un pañuelo orlado de negro.

—¡Ah, no se aflija, no se aflija, por Dios!

—Perdón, monsieur Poirot. No puedo remediarlo.

—Soy un imbécil y la estoy atormentando.

—No, no, de ninguna manera. Prosiga. ¿Qué iba usted a decir?

—Usted entró en la habitación de la Torre a las once en punto y sir Ruben despidió entonces a mister Trefusis; ¿me equivoco?

—No, señor. Así debió ser.

—¿Cuánto rato estuvo haciendo compañía a su marido?

—Eran las doce menos cuarto cuando entré en mi habitación; lo recuerdo porque miré el reloj.

—Lady Astwell, tenga la bondad de decirme sobre qué versó la conversación que sostuvo con su marido.

Lady Astwell se dejó caer en el sofá y prorrumpió en fuertes sollozos.

—Re... ñi... mos —gimió.

—¿Acerca de qué? —dijo insinuante, casi tiernamente, la voz de Poirot.

—Ah... acerca de... muchas cosas. La cosa co... menzó por... Lily. Ruben le cobró antipatía sin motivo y decía haberla sorprendido leyendo sus papeles. Quería despedirla; yo le dije que era muy buena y que no se lo consentiría. Entonces co... menzó a... chillarme. Pero yo le hice frente. Le dije todo cuanto pensaba de él.

»En el fondo no pensaba nada malo, monsieur Poirot. Estaba ofendida porque dijo que me había sacado del arroyo para casarse conmigo, pero ¿qué importancia tiene eso ahora? Nunca me perdonaré. Le conocía bien, y yo siempre he sostenido que una buena discusión purifica el ambiente. ¿Cómo iba a saber que iban a asesinarle aquella misma noche? ¡Pobre viejo Ruben!

Poirot había escuchado con simpatía el desahogo.

—Le estoy haciendo sufrir —dijo— y le ofrezco mis excusas. Seamos ahora más materialistas, más prácticos, más precisos. ¿Sigue aferrada a la idea de que mister Trefusis fue quien mató a su marido?

—Mi instinto de mujer —dijo— no me engaña, monsieur Poirot.

—Exactamente, exactamente —repuso el detective—. ¿Cuándo cometió el hecho?

—¿Cuándo? Cuando me separé de Ruben, naturalmente.

—Usted le dejó solo a las doce menos cuarto. A las doce menos cinco entró en la habitación mister Leverson. En esos diez minutos de intervalo, ¿cree que pudo matarle el secretario?

—Es muy posible.

—Son tantas cosas posibles... En efecto, pudo cometer el crimen en diez minutos. ¡Oh, sí! Pero ¿lo cometió?

—Él asegura que estaba en la cama y que dormía profundamente. Es natural. Pero ¿quién nos asegura que nos dice la verdad?

—Recuerde que nadie lo vio.

—Todo el mundo dormía a aquella hora —observó lady Astwell con acento triunfante—; ¿cómo quiere usted que le vieran?

—¡Quién sabe! —se dijo Poirot.

Breve pausa.

—*Eh bien*, lady Astwell, le deseo muy buenas noches.

George dejó la bandeja del desayuno sobre la mesilla de noche.

—Miss Murgrave, señor, llevaba puesto la noche del crimen un vestido verde claro, de *chiffon*.

—Gracias, George. Es usted digno de toda confianza.

—La tercera doncella de la casa es la que sirve a miss Murgrave, señor. Se llama Gladys.

—Gracias, George.

—No hay para tanto, señor.

—Hace una hermosa mañana —observó Poirot mirando por la ventana—, pero no parece haberse levantado nadie de la cama. George, mi buen George, iremos los dos a la Torre y allí haremos un pequeño experimento.

—¿Me necesita realmente, señor?

—Sí, el experimento no será penoso.

Cuando llegaron a la habitación seguían las cortinas corridas. George iba a descorrerlas, pero Poirot se lo impidió.

—Dejaremos la habitación conforme se halla. Encienda la lámpara de pie.

El sirviente obedeció.

—Ahora, mi buen George, siéntese en esa silla. Colóquese en posición adecuada para escribir. *Très bien.* Yo cogeré una azagaya, me acercaré a usted de puntillas..., así... y le asestaré un golpe en la cabeza.

—Sí, señor —repuso George.

—¡Ah! Pero cuando se lo aseste no siga escribiendo. Tenga presente que no voy a pegárselo en realidad. No puedo herirle con la misma fuerza que hirió el asesino a sir Ruben. Estamos representando la escena, ¿entiende? Le doy en la cabeza y usted cae... así. Con los brazos colgando y el cuerpo inerte. Permita que le coloque en posición. Pero no, no tense los músculos.

Poirot exhaló un suspiro de impaciencia.

—Me plancha a maravilla los pantalones, George, pero carece en absoluto de imaginación. Levántese, yo ocuparé su lugar.

Y, a su vez, Hércules Poirot se sentó ante la mesa escritorio.

—Voy a escribir. ¿Lo ve? Estoy muy atareado escribiendo. Acérquese por detrás y pégeme en la cabeza con el garrote. ¡Cras! La pluma se me escapa de los dedos, me echo hacia delante, pero no exageradamente, porque la silla es baja, la mesa es alta y además me sostienen los brazos. Haga el favor, George, de acercarse a la puerta, quédese de pie junto a ella y dígame qué es lo que ve.

—¡Ejem!

—¿Bien, George...?

—Le veo, señor, sentado a la mesa.

—¿*Sentado* a la mesa?

—No distingo con claridad, señor. Es algo difícil —explicó George—, porque estoy lejos de ella y porque la lámpara tiene una pantalla gruesa. ¿Puedo encender la luz del techo, señor?

—¡No, no! —dijo vivamente Poirot—. No se mueva. Yo estoy aquí, inclinado sobre la mesa, y usted, de pie, junto a la puerta. Avance ahora, George, avance y póngame una mano en el hombro.

George obedeció.

—Inclínese un poco, George, como si quisiera sostenerse sobre los pies. *Ah! Voilá!*

El cuerpo inerte de Hércules Poirot se deslizó, de manera artística, del sillón al suelo.

—Me caigo... así —observó—. Eso es. Está bien imaginado. Ahora hay que llevar a cabo algo mucho más importante.

—¿De veras, señor?

—Sí, desayunarse.

El detective rió con toda su alma celebrando el chiste.

—¡No pasemos por alto el estómago, George!

George guardó silencio. Poirot bajó la escalera riendo entre dientes. Le satisfacía el giro que tomaban las cosas. Después de desayunarse fue en busca de Gladys, la tercera doncella. Le interesaba todo lo que pudiera referirle la muchacha. Además ella le tenía simpatía a Charles, aunque no dudaba de su culpabilidad.

—¡Pobre señor! —dijo—. Es una lástima que no estuviera sereno aquella noche.

—Él y miss Murgrave son los dos habitantes más jóvenes de la casa. ¿Se llevaban bien?

Gladys meneó la cabeza.

—Miss Murgrave le demostraba mucha frialdad —repuso—. No deseaba alentar sus avances.

—Está enamorado de ella, ¿verdad?

—Un poco quizás. El que está loco por miss Lily es mister Victor Astwell.

Gladys rió.

—¡*Ah, vraiment!*

Gladys volvió a reír.

—Eso es, loquito por ella. Claro, miss Lily es un lirio en realidad. Tiene una bonita figura y un cabello dorado precioso, ¿no le parece?

—Debería ponerse un vestido verde —murmuró Poirot—. El verde les sienta muy bien a las rubias.

—Pero si ya tiene uno, señor —dijo Gladys—. Ahora no lo lleva, como es natural, porque va de luto, pero se lo puso la noche en que mataron a sir Ruben.

—¿Es verde claro?

—Sí, señor, verde claro. Aguarde y se lo enseñaré. Miss Lily acaba de salir de paseo con los perros.

Poirot hizo un gesto de asentimiento. Lo sabía tan bien como la doncella. La verdad era que sólo después de ver marchar a miss Murgrave había ido en busca de Gladys. Ésta se dio prisa en salir de la habitación y a poco volvió con un vestido verde colgado de su percha.

—*Exquis!* —murmuró uniendo las manos en señal de admiración—. Permítame que lo acerque un momento a la luz.

Se lo quitó a Gladys de las manos, le volvió la espalda y corrió a la ventana. Primero se inclinó sobre él y luego lo colocó lejos de su vista.

—Es perfecto —declaró—. Encantador. Un millón de gracias por habérmelo enseñado.

—No se merecen. Todos sabemos que a los franceses les interesan los vestidos femeninos.

—Es usted muy amable —murmuró Poirot.

La siguió un momento con la vista y a continuación se miró las manos y sonrió. En la derecha sostenía un par de tijeras de las uñas; en la izquierda, un pedacito del vestido de *chiffon*.

—Y ahora —murmuró—, seamos heroicos.

Al volver a su departamento llamó a George.

—En el tocador, mi buen George, me he dejado un alfiler de corbata de oro.

—Sí, señor.

—En el lavabo hay una solución de ácido fénico. Haga el favor de sumergir en ella la punta del alfiler.

George hizo lo que le ordenaban. Hacía tiempo que no le asombraban las extravagancias de su amo. Por otra parte estaba acostumbrado a ellas.

—Ya está, señor.

—*Très bien!* Ahora, venga. Voy a tenderle el dedo índice; inserte en él la punta del alfiler.

—Perdón, señor. ¿Desea usted que le pinche?

—Sí, lo ha adivinado. Debe sacarme sangre, ¿comprende?, pero no mucha.

George cogió el dedo de su amo. Poirot cerró los ojos y se recostó en el sillón. El ayuda de cámara clavó el alfiler y Poirot profirió un chillido.

—*Je vous remercie*, George —dijo—. Lo ha hecho demasiado bien.

Y se enjugó el dedo con un pedacito de *chiffon* que se sacó del bolsillo.

—La operación ha salido estupendamente bien —observó contemplando el resultado—. ¿No le inspira curiosidad, George? Pues, ¡es admirable!

El ayuda de cámara dirigió una ojeada discreta a la ventana.

—Perdón, señor —murmuró—. Un caballero acaba de llegar en coche.

—¡Ah, ah! —Poirot se puso en pie—. El escurridizo mister Victor Astwell. Voy a conseguir trabar amistad con él.

Pero el destino quiso que le oyera antes de poder echarle la vista encima.

—¡Cuidado con lo que haces, maldito idiota! Esa caja encierra un cristal en su interior. ¡Maldito sea! Parsons, quítese de en medio. ¡Ponga eso en el suelo, imbécil!

Poirot se dejó escurrir escalera abajo.

Victor era un hombre corpulento y Poirot le dedicó un saludo cortés.

—¿Quién demonios es usted? —rugió el otro.

Poirot volvió a saludar.

—Me llamo Hércules Poirot —dijo.

—¡Caramba! Conque Nancy le llamó por fin, ¿no?

Puso una mano en el hombro del detective y le empujó en dirección a la biblioteca.

—No puede figurarse lo que se habla de usted —dijo luego, mirándole de arriba abajo—. Le pido excuse mis recientes palabras, pero el chofer es un perfecto asno y Parsons un idiota que me sacó de quicio. Yo no puedo sufrir a los idiotas. Usted no lo es, ¿verdad, monsieur Poirot?

—Muy equivocados están los que lo suponen —repuso plácidamente el detective.

—¿De verdad? Bueno, de manera que Nancy le ha llamado... Sí, sospecha del secretario. Pero no tiene razón. Trefusis es tan dulce como la leche..., por cierto que la toma en lugar de agua, según creo. Es abstemio. De modo que pierde usted el tiempo.

—Nunca se pierde el tiempo cuando se tiene ocasión de estudiar la naturaleza humana —dijo Poirot tranquilamente.

—La naturaleza humana, ¿eh?

Victor le miró y seguidamente se dejó caer en una silla.

—¿Puedo servirle en algo? —interrogó.

—Sí. Dígame por qué discutió con su hermano la noche del crimen.

Victor Astwell meneó la cabeza.

—No tiene nada que ver con el caso —contestó.

—No estoy seguro de ello.

—Tampoco tiene nada que ver con Charles Leverson.

—Lady Astwell cree que Charles no ha cometido el crimen.

—¡Oh, Nancy!

—Trefusis estaba en la habitación —dijo Poirot—, cuando Charles entró en la Torre aquella noche, pero no le vio. Nadie le vio.

—Se equivoca. Le vi yo.

—¿Usted?

—Sí, voy a explicárselo. Ruben le estuvo pinchando y no sin razón, se lo aseguro a usted. Más tarde se metió conmigo y para irritarle resolví apoyar al muchacho. Luego pensé en ir a verle para ponerle al corriente de lo ocurrido. Cuando subí a mi cuarto no me fui en seguida a la cama. En vez de ello, dejé la puerta entornada, me senté en una silla y me puse a fumar. Mi habitación está en el segundo piso, monsieur Poirot, y la de Charles se halla al lado de la mía.

—Perdón, voy a interrumpirle, ¿duerme mister Trefusis también en el segundo piso?

Astwell hizo un gesto afirmativo.

—Sí, su habitación está un poco más lejos.

—¿O sea, más cerca de la escalera?

—No, más lejos.

El rostro de Poirot se iluminó, pero sin reparar en aquella luz, mister Victor Astwell prosiguió:

—Decía que aguardé a Charles. A las doce menos cinco, si no me engaño, oí cerrar de golpe la puerta de la calle, pero no vi a Charles por ninguna parte hasta diez minutos después. Y cuando subió la escalera me di cuenta enseguida de que no estaba en disposición de escucharme.

Victor arqueó las cejas con aire significativo.

—Comprendo —murmuró Poirot.

—El pobre diablo se tambaleaba y estaba muy pálido. Entonces atribuí a su estado aquella palidez. Hoy creo que venía de cometer el crimen.

Poirot le dirigió una rápida pregunta.

—¿Oyó algún ruido proviniente de la Torre?

—No, recuerde que me hallaba en el otro extremo de la casa. Las paredes son gruesas y tal vez no lo crea, pero en el lugar donde me hallaba no hubiera oído ni un disparo siquiera suponiendo que se hubiera hecho en el interior de la Torre.

Poirot hizo un gesto de asentimiento.

—Le pregunté si deseaba ayuda —siguió diciendo Astwell—, pero repuso que se encontraba bien, entró solo en su cuarto y cerró la puerta. Yo me desnudé y me metí en la cama.

Poirot miraba pensativo la alfombra.

—¿Se da cuenta de lo que afirma, mister Astwell, y de la importancia de su declaración?

—Sí, supongo que sí. ¿Por qué? ¿Qué importancia le atribuye?

—Fíjese en que acaba de decir que, entre el portazo de la puerta de la calle y la aparición en la escalera de mister Leverson, transcurrieron diez minutos. Su sobrino asegura, si mal no recuerdo, que tan pronto entró en la casa se fue a dormir. Pero aún hay más. Admito que la acusación de lady Astwell es fantástica aun cuando hasta ahora no se haya demostrado su inverosimilitud. Pero la declaración de usted implica una coartada.

—¿Cómo es eso?

—Lady Astwell dice que dejó a su marido a las doce menos cuarto y que el secretario se fue a dormir a las once. De manera que únicamente pudo cometerse el crimen entre las doce y cuarto y el regreso de Charles Leverson. Ahora bien: si como asegura usted estuvo sentado y con la puerta abierta, Trefusis no pudo bajar de su habitación sin que usted lo viera.

—Justamente —dijo el otro.

—¿Existe por allí alguna otra escalera?

—No, para bajar a la habitación de la Torre hubiera tenido que pasar por delante de mi puerta y no pasó, estoy bien seguro. Además, lo repito, monsieur Poirot, ese joven es tan inofensivo como un cordero, se lo aseguro.

—Sí, sí, lo creo —Poirot hizo una pausa—. ¿Querrá explicarme ahora el motivo de su discusión con sir Ruben?

El otro se puso colorado.

—¡No me sacará una sola palabra!

Poirot fijó la vista en el techo.

—Cuando se trata de una señora —manifestó— suelo ser muy discreto.

Victor se levantó de un salto.

—¡Maldito sea! ¿Qué quiere decir? ¿Cómo sabe usted? —exclamó.

—Me refiero a miss Lily Murgrave —explicó Poirot.

Victor Astwell titubeó un instante; de su rostro desapareció el rubor, y volvió a sentarse.

—Es usted demasiado listo para mí, monsieur Poirot —confesó—. Sí, reñimos por causa de Lily. Ruben había descubierto algo acerca de ella que le disgustaba. Me habló de unas referencias falsas..., pero ¡ni creí ni creo una sola palabra!

»Mi hermano llegó más allá. Me aseguró que salía de casa de noche para verse con alguien, con un hombre tal vez. ¡Dios mío! Lo que respondí. Le dije, entre otras cosas, que a mejores hombres que él habían matado por decir menos que eso. Y entonces calló. Cuando me disparaba así Ruben me tenía miedo.

—No me extraña —murmuró Poirot.

—Yo tengo una bonísima opinión de Lily Murgrave —observó Victor en un tono distinto—. Es una muchacha excelente.

Poirot no contestó. Parecía sumido en sus pensamientos y tenía la mirada fija en el vacío. Por fin, de repente, salió de su abstracción.

—Voy a pasearme un poco, lo necesito —comunicó a Victor—. Por ahí hay un hotel, ¿no es cierto?

—Dos —repuso Astwell—. El Golf Hotel, junto al campo de tenis y el Mitre Hotel en el camino de la estación.

—Gracias —dijo Poirot—. Sí, voy a dar un pequeño paseo.

El Golf Hotel se hallaba, como indica su nombre, en los campos de golf, casi al lado del edificio del club. Y a él se encaminó Poirot en el curso del "paseo" de que habló a Victor Astwell. El hombrecillo tenía su manera característica de hacer las cosas. Tres minutos después celebraba una entrevista particular con miss Langdon, la gerente.

—Perdone la molestia, mademoiselle —dijo, pero soy detective.

Era partidario de la sencillez. Y el procedimiento resultaba eficaz en más de una ocasión.

—¡Un detective! —exclamó miss Langdon mirándole con recelo.

—Sí, aun cuando no pertenezco a Scotland Yard. Pero supongo que ya se habrá dado cuenta. No soy inglés y hago indagaciones particulares sobre la muerte de sir Ruben Astwell.

—¡Muy bien!

Miss Langdon le miró con simpatía.

—Precisamente —el rostro de Poirot se iluminó—, sólo a persona tan discreta revelaría yo mi identidad. Creo, mademoiselle, que usted puede ayudarme. ¿Sabría decirme si un caballero de los que se hospedan en este hotel se ausentó para volver a él entre doce y doce y media de la noche?

Miss Langdon abrió unos ojos como platos.

—¿No creerá que...? —balbuceó.

—¿Qué estuviera aquí el asesino? No, tranquilícese. Pero me asisten buenas razones para creer que uno de sus huéspedes fue hasta Mon Repos y, si así fuera, pudo ver algo que me interesaría conocer.

La gerente meneó la cabeza como quien conoce a fondo los caminos de la ley detectivesca.

—Comprendo perfectamente —dijo—. Veamos ahora a quién teníamos aquí...

Frunció el ceño mientras repasaba mentalmente sus nombres y se ayudaba de cuando en cuando contándolos con los dedos.

—El capitán Swan..., mister Elkins..., el mayor Blunt..., el viejo mister Benson... No, caballero. Ninguno de ellos salió después de cenar.

—Y si hubiera salido lo sabría usted, ¿no es cierto?

—Oh, sí, señor. Porque sería en contra de lo acostumbrado. Muchos caballeros salen antes de cenar, después, no, porque no tienen dónde ir, ¿entiende?

Las atracciones de Abbots Cross eran el golf y nada más que el golf.

—Eso es, ¿de modo, mademoiselle, que nadie salió de aquí después de la hora de la cena?

—Únicamente el capitán England y su mujer.

Poirot meneó la cabeza.

—No me interesan. Voy a dirigirme al hotel... Mitre, creo que así se llama, ¿no es eso?

—¡Oh, el Mitre! —exclamó miss Langdon—. Naturalmente que cualquiera pudo salir de allí para dirigirse a Mon Repos.

Y su intención, aunque vaga, era tan evidente, que Poirot realizó una prudente retirada.

Cinco minutos después se repetía la escena, esta vez con miss Cole, la brusca gerente del Mitre, hotel menos pretencioso y de precios más reducidos, que se hallaba cerca de la estación.

—En efecto, aquella noche salió de aquí un huésped y si mal no recuerdo regresó a las doce y media. Tenía por costumbre dar un paseo a esas horas. Lo había hecho ya una o dos veces. Veamos, ¿cómo se llamaba? No puedo recordarlo. ¡Un momento!

Cogió el libro de registro y comenzó a volver las páginas.

—Diecinueve, veinte, veintiuno, veintidós, ¡ah, ya lo tengo! Capitán Humphrey Naylor.

—¿De modo que se había hospedado antes aquí? ¿Le conoce bien?

—Sí, hace quince días —dijo miss Cole—. Recuerdo que, en efecto, salió la noche que dice usted.

—Habría ido a jugar al golf, ¿no es cierto?

—Así lo creo. Por lo menos es lo que hacen todos los caballeros.

—Es muy cierto. Bien, mademoiselle, le doy infinitas gracias y le deseo muy buenos días.

Poirot regresó pensativo a Mon Repos. Una o dos veces sacó un objeto del bolsillo y lo miró.

—Tengo que hacerlo —murmuró— y pronto. En cuanto se me presente una ocasión.

Lo primero que hizo al entrar en casa fue preguntar a Parsons dónde podría hallar a miss Murgrave. Esta señorita estaba, según el mayordomo, en el estudio, despachando la correspondencia de lady Astwell y el informe pareció satisfacer en extremo a Poirot.

Encontró sin dificultad el pequeño estudio. Lily Murgrave estaba sentada ante la mesa instalada frente a la ventana y escribía. No había nadie más a su lado. Poirot cerró la puerta y se acercó a la muchacha.

—¿Sería tan amable, mademoiselle, que pudiera dedicarme parte de su tiempo?

—Ciertamente.

Lily Murgrave dejó a un lado los papeles y se volvió a él.

—Volvamos a la noche de la tragedia, mademoiselle. ¿Es verdad que al separarse de lady Astwell y mientras ella iba a dar las buenas noches a su marido se fue usted directamente a su habitación?

Lily Murgrave hizo un gesto de afirmación.

—¿Volvió a bajar, por casualidad, al comedor?

La muchacha meneó la cabeza en sentido negativo.

—Si mal no recuerdo, mademoiselle, usted dijo que no había entrado en la habitación de la Torre después de cenar. ¿Me equivoco?

—No sé si dije o no semejante cosa, pero no estuve en dicha habitación después de la cena.

Poirot arqueó las cejas.

—¡Es curioso! —exclamó a media voz.

—¿Qué quiere decir?

—Sí, muy curioso —repitió el detective— porque si no fue como afirma, ¿cómo explica usted esto?

Se sacó del bolsillo un pedacito de *chiffon* verde claro, y lo puso delante de los ojos de Lily Murgrave.

La expresión de ésta no varió, pero Poirot advirtió que se sobresaltaba.

—No comprendo, monsieur Poirot...

—Tengo entendido, mademoiselle, que aquella noche llevaba puesto un vestido de *chiffon* verde claro. Esto que ve ahí —agitó en el aire el pedacito de tela— formaba parte de él.

—¿Y lo ha encontrado en la habitación de la Torre... o cerca de ella?

Por primera vez la expresión de los ojos de miss Murgrave reveló el miedo que sentía. Quiso abrir la boca para decir algo y la volvió a cerrar en seguida. Poirot, que la observaba, vio que se asía con las manecitas blancas al borde de la mesa.

—¿Estuve en esa habitación... antes de la hora de cenar? —murmuró—. No... No creo. No, casi estoy segura de que no entré en ella. Y ese pedacito de tela ha estado hasta ahora allí, me parece muy extraordinario que la policía no diera antes con él.

—La policía no piensa lo mismo que Hércules Poirot —repuso el detective.

—Quizás entré un momento antes de cenar —murmuró pensativa, Lily Murgrave— o quizá fuera la noche antes en la que llevaba el mismo vestido. Sí, me parece que fue la noche anterior a la del crimen.

—Pues a mí me parece que no —repuso, sin alterarse, Poirot.

—¿Por qué?

Por toda respuesta, el hombrecillo movió lentamente la cabeza de derecha a izquierda y de izquierda a derecha.

—¿Qué quiere decir? —susurró la muchacha.

Se inclinó para mirarla y su rostro perdió el color.

—¿No se da cuenta, mademoiselle, que este fragmento está manchado? Está manchado de sangre, no le quepa duda.

—¿Qué quiere decir...?

—Que usted, mademoiselle, estuvo en la Torre después, y no antes de cometerse el crimen. Vale más que me diga toda la verdad para evitar que le sobrevengan cosas peores.

Poirot se puso en pie con el rostro severo y su dedo índice señaló a la muchacha como si la acusara. Estaba imponente.

—¿Cómo lo ha descubierto? —balbuceó Lily.

—El cómo importa poco, mademoiselle. Pero Hércules Poirot lo sabe. También conozco la existencia del capitán Humphrey Naylor y que fue a su encuentro aquella noche.

Lily bajó de pronto la cabeza, que colocó sobre los brazos cruzados, y se echó a llorar sin reparo. Inmediatamente Poirot abandonó su actitud acusadora.

—Ea, ea, pequeña —dijo, dándole golpecitos en un hombro—. No se aflija. No es posible engañar a Hércules Poirot; dése cuenta de esto y a la vez de que sus penas tocan a su fin. Y ahora cuéntemelo todo, ¿quiere? Dígaselo al viejo papá Poirot.

—Lo sucedido no es lo que piensa, ciertamente. Porque Humphrey, que es mi hermano, no tocó ni un solo cabello de la cabeza de sir Ruben.

—¿Su hermano, dice? —dijo Poirot—. Ya comprendo. Bien, si desea ponerle a cubierto de toda sospecha debe contarme ahora su historia sin reservas.

Lily se enderezó y se echó hacia atrás un mechón de cabello. Poco después refirió con voz baja, pero clara:

—Le diré la verdad, monsieur Poirot, pues ya veo que sería absurdo pretender disimulársela. Mi verdadero nombre es Lily Naylor, y Humphrey es mi único hermano. Hace años, cuando estuvo en África, descubrió una mina de oro, o mejor dicho descubrió la presencia de oro en sus alrededores. No puedo explicarle el hecho con detalles porque no entiendo de tecnicismos, pero he aquí lo que sé:

»El descubrimiento parecía ser de tanta importancia que Humphrey vino a Inglaterra como portador de varias cartas para sir Ruben Astwell, al que confiaba interesar en el asunto. Ignoro los pormenores, pero sé que sir Ruben envió a África a un perito. Sin embargo, dijo después a mi hermano que el informe del buen señor era desfavorable y que se había equivocado. Mi hermano volvió más adelante a África con una expedición, pero pronto dejamos de recibir noticias, por lo que se creyó que él y el grueso de la expedición habrían perecido en el interior.

»Poco más tarde se formaba una Compañía explotadora de los yacimientos auríferos de Mpala. Al regresar mi hermano a Inglaterra se empeñó en que dichos yacimientos eran los mismos que él había descubierto, pero de sus averiguaciones se desprendía que sir Ruben no tenía nada que ver con aquella Compañía y que sus directores habían descubierto por sí mismos la mina.

»El asunto afectó tantísimo a mi hermano que se consideró desgraciado y cada vez se tornaba más violento. Los dos estábamos solos en el mundo, monsieur Poirot, y cuando fue imprescindible que yo me ganara la vida concebí la idea de ocupar un puesto en esta casa. Una vez dentro de ella me dediqué a averiguar si existía en realidad alguna relación entre sir Ruben y los yacimientos auríferos de Mpala. Por razones muy comprensibles oculté al venir aquí mi verdadero apellido y confieso, sin rubor, que me serví de referencias falsas porque había tantas aspirantes a este cargo y con tan buenas calificaciones (algunas eran superiores a las mías) que... bueno, monsieur Poirot, simulé una bonita carta de la duquesa de Perthsire, que yo sabía acababa de marchar a América, convencida de que el nombre de la duquesa produciría su efecto en el espíritu de lady Astwell. Y no me engañaba, porque me tomó en el acto a su servicio.

»Desde entonces he sido espía, cosa que detesto, pero sin éxito hasta hace poco. Sir Ruben no era hombre capaz de revelar sus secretos, ni de hablar a tontas y a locas de sus negocios, pero mister Victor Astwell era menos reservado y a juzgar por lo que me dijo empecé a creer que después de todo no andaba Humphrey tan descaminado. Mi hermano estuvo aquí hace quince días, antes de cometerse el crimen, y fui a verle en secreto. Al saber las cosas que decía mister Victor Astwell se excitó mucho y me dijo que estábamos sobre la verdadera pista.

»Mas a partir de aquel día las cosas adquirieron un giro desfavorable para nosotros; alguien me vio salir a hurtadillas y fue con el cuento a sir Ruben, que, receloso, investigó lo de mis referencias y averiguó pronto el hecho de que habían sido falsificadas. La crisis se produjo el día del crimen. Yo creo que imaginó que yo andaba tras las joyas de su mujer. De todos modos no tenía intención de permitir que yo continuase por más tiempo en Mon Repos, aunque accedió a no denunciarme por la falsificación de los informes. Lady Astwell se puso valientemente de mi parte y le hizo frente durante toda la entrevista.

Lily hizo una pausa. El rostro de Poirot tenía una expresión grave.

—Y ahora, mademoiselle —dijo—, pasemos a la noche del crimen.

Lily tragó saliva e hizo un gesto de asentimiento.

—Para comenzar, monsieur Poirot, diré que mi hermano había vuelto al pueblo y que yo pensaba ir a su encuentro de noche, como de costumbre. Por ello subí a mi habitación, sólo que no me metí en la cama, como ya he declarado. Lo que hice fue esperar a que se retirasen todos; luego bajé de puntillas la escalera, salí de la casa por la puerta de servicio y al reunirme con mi hermano le referí, en pocas palabras, lo ocurrido. Le dije también que los papeles que deseaba se hallaban con toda seguridad en la caja fuerte de la Torre y convinimos en correr la última y desesperada aventura, es decir, tratar de apoderarnos de ellos aquella misma noche.

»Yo debía entrar en casa primero para asegurarme de que estaba libre el camino, y cuando volví a entrar por la puerta de servicio oí dar las doce en el campanario de la iglesia. Cuando me hallaba a mitad de la escalera que conduce a la Torre oí un golpe sordo y gritar a una voz: "¡Dios mío!". Poco después se abrió la puerta de la habitación de la Torre y salió por ella Charles Leverson. Hubiera podido verme la cara con claridad porque había luna, pero me hallaba agachada, más abajo, en un sitio oscuro y no me vio.

»Estuvo tambaleándose un momento con el rostro blanco como la cera. Parecía escuchar; luego, haciendo un esfuerzo, se rehízo y asomando la cabeza por el hueco de la escalera gritó que no había pasado nada con una voz alegre y despreocupada, que desmentía la expresión de su semblante. Aguardó un minuto más, y después subió lentamente la escalera y desapareció de mi vista.

»Cuando se marchó entré en la habitación de la Torre tras aguardar un instante. Presentía un acontecimiento trágico.

La lámpara central estaba apagada, pero la de pie se hallaba encendida y a su luz vi a sir Ruben tendido en el suelo, cerca de la mesa. Todavía ignoro cómo tuve valor para avanzar pero lo hice y me arrodillé junto a él. Le habían atacado por detrás dejándole sin vida, pero no hacía mucho que le habían matado porque le toqué una mano y estaba todavía caliente. ¡Fue horrible, monsieur Poirot, horrible!

Miss Murgrave se estremeció al recordarlo.

—¿Y después...? —interrogó Poirot con una mirada penetrante.

—¿Después? Ya veo lo que está pensando. ¿Que porqué no di la voz de alarma y desperté a todos los habitantes de la casa? Le diré; pensé en hacerlo, de momento, pero mientras estaba allí arrodillada vi, tan claro como la luz, que mi discusión con sir Ruben, mi salida furtiva de casa para ir al encuentro de Humphrey y mi despedida de ella, al día siguiente, podían tener fatales consecuencias. Se diría que yo había franqueado a Humphrey la entrada en la Torre y que para vengarse había matado a sir Ruben. Nadie me daría crédito cuando declarase que había visto salir de ella a Charles Leverson.

»¡Qué horror, monsieur Poirot, qué horror! Pensaba, pensaba, y cuanto más reflexionaba más me faltaba el valor. Mis ojos se posaron de pronto en un manojo de llaves que siempre llevaba sir Ruben en el bolsillo y que estaban en el suelo, sin duda desde que cayó. Entre ellas estaba la de la caja fuerte, cuya combinación ya conocía, porque la oí en cierta ocasión de los labios de lady Astwell. Tomé el llavero, abrí la caja y realicé un rápido examen de los papeles que contenía.

»Por fin hallé el que buscaba. Humphrey estaba en lo cierto. Sir Ruben respaldaba en secreto a la Compañía de Mpala y había estafado deliberadamente a mi hermano. El hecho venía a empeorar las cosas porque constituía un motivo, bien definido, que pudo impulsar a Humphrey a cometer el crimen. Por ello volví a meter los documentos en la caja, cuya llave dejé en la cerradura, y subí a mi habitación. Cuando más adelante descubrió una doncella el cadáver, fingí sorprenderme y horrorizarme tanto como los demás habitantes de la casa.

Lily calló y miró con ojos suplicantes al detective.

—¿Me cree usted? ¡Diga que me cree, por favor! —exclamó.

—La creo, mademoiselle —repuso Poirot—. Acaba de explicarme usted varias cosas que me tienen perplejo. Entre ellas la convicción que alberga de la culpabilidad de Charles Leverson y sus visibles esfuerzos para impedirme que viniera a esta casa.

Lily bajó la cabeza.

—Le tenía miedo —confesó con franqueza—. Lady Astwell no tiene los motivos que yo tengo para juzgarme culpable y no podía decirlo. Por eso confiaba, contra toda esperanza, que se negara usted a encargarse de la solución del caso.

—Quizá me hubiera negado —dijo Poirot en un tono seco— de no haber reparado en su ansiedad disimulada.

—Y ahora, ¿qué piensa hacer, monsieur Poirot? —preguntó.

—Respecto a usted, nada, mademoiselle, nada. Creo en su historia y la acepto por buena. Mi próximo paso es la ida a Londres, pues deseo ver al inspector Miller.

—¿Y después?

—Después... ya veremos.

Al salir del estudio, el detective miró una vez más al pedacito de *chiffon* verde que todavía llevaba en la mano.

"Es sorprendente la astucia de Hércules Poirot", se dijo complacido.

El inspector Miller simpatizaba poco con monsieur Hércules Poirot. No pertenecía ciertamente a aquel grupo reducido de inspectores que acogían con agrado la cooperación del pequeño belga. Solía decir que andaba despistado. En el presente caso sentíase tan seguro de sí mismo que saludó a Poirot con visibles muestras de buen humor.

—¿Representa a lady Astwell? Bien, creo que no debe hacerle mucho caso.

—¿De manera que no cabe dudar de la culpabilidad del criminal?

Miller le guiñó un ojo.

—Le hemos cogido, como quien dice, con las manos en la masa. No existe caso más claro.

—¿Ha prestado ya declaración?

—Sí, pero más le hubiera valido tener la boca cerrada —dijo Miller—. Repite a todo el que quiere oírle que pasó directamente de la calle a su habitación y que no vio para nada a su tío. Pero es un cuento... mal urdido.

—Sí, va contra toda evidencia —murmuró Poirot—. ¿Qué opinión le merece ese joven, mister Miller?

—Le tengo por un bobo rematado.

—Y por un carácter débil, ¿no?

El inspector hizo un gesto afirmativo.

—La verdad es que parece mentira que haya tenido... ¿cómo dicen ustedes?, hígados para hacer una cosa así.

—En efecto —dijo el inspector—. Pero no es la primera vez que sucede. Coloque usted entre la espada y la pared a un mozalbete débil y disipado como éste, llénele el cuerpo de unas gotas de vino y verá en lo que se convierte. Un hombre débil, acorralado, es más peligroso que otro cualquiera.

—Es cierto, sí; es mucha verdad lo que dice.

Miller siguió diciendo:

—Para usted es lo mismo, monsieur Poirot, porque percibe una remuneración fija y naturalmente tiene que hacer un examen de las pruebas para satisfacer a su señoría. Lo comprendo.

—Usted comprende muchas cosas interesantes —murmuró Poirot, despidiéndose.

Luego fue a ver al abogado encargado de la defensa de mister Leverson. Mister Mayhew era un caballero seco, delgado, prudente, que recibió a monsieur Poirot con cierta reserva. Sin embargo, este último sabía despertar confianza y poco después los dos hablaban amistosamente.

—Ya comprenderá —dijo Poirot— que en este caso actúo exclusivamente en beneficio de mister Leverson. Tales son los deseos de lady Astwell. Su Señoría está convencida de la inocencia de su sobrino.

—Sí, sí, naturalmente —repuso Mayhew sin ningún entusiasmo.

Poirot le guiñó un ojo.

—A pesar de que ni usted ni yo —agregó— demos gran importancia a la opinión de lady Astwell.

—No, porque del mismo modo que cree hoy en su inocencia —dijo secamente el abogado— dudará mañana de ella.

—Sus intenciones no son una demostración, está claro —dijo Poirot— y en vista de lo ocurrido, el caso se presenta mal, muy mal, para el pobre muchacho.

—Sí, es una lástima que dijera lo que dijo a la policía; no le conviene seguir aferrado a la misma historia.

—¿Le refirió a usted lo mismo?

—Sin variar ni un ápice —repuso—; parece un lorito.

—Claro, y esto destruye la fe que podría tener en él —murmuró Poirot—. ¡Ah, no lo niegue! —agregó rápidamente levantando la mano—. Usted no cree en el fondo en su inocencia. Lo veo claramente. Pero escuche a Hércules Poirot. Vea la distinta versión del caso:

»Cuando ese joven llega a Mon Repos ha bebido un cóctel, luego otro, y otro, muchos cócteles de whisky con soda al estilo del país, y se siente lleno de un valor... ¿cómo lo denominan ustedes? ¡Ah, sí! Un valor *holandés*. Introduce la llave en la cerradura, abre la puerta y sube con paso vacilante a la habitación de la Torre. Al mirar desde la escalera ve a la luz difusa de la lámpara a su tío que escribe sentado a la mesa.

»Ya he dicho que mister Leverson siente un valor fanfarrón, de manera que se deja llevar y dice a su tío todo lo que opina de él. Le desafía, le insulta, y como el tío no responde se va animando y repite todo lo que ha dicho en voz cada vez más alta. Pero al fin el silencio ininterrumpido de sir Ruben le llena de súbita aprensión. Se aproxima a él, le pone la mano en un hombro y a su contacto el cadáver se escurre de la silla y cae inerte al suelo.

»El hecho le disipa la borrachera. Mientras cae la silla con estrépito, él se inclina sobre sir Ruben. Entonces se da cuenta de lo ocurrido, retira la mano y la ve teñida de rojo. Presa de pánico, daría cualquier cosa por no haber proferido el grito que acaba de salir de sus labios y que ha despertado ecos dormidos en la casa. Maquinalmente recoge la silla, sale a la escalera y aplica el oído. Cree oír ruido procedente de abajo e inmediatamente simula hablar con su tío.

»El sonido no se repite. Convencido de su error, seguro de que nadie le ha oído, se dirige a su habitación en silencio y allí se le ocurre que lo mejor será afirmar que no ha ido a la habitación de la Torre en toda la noche. Por esto refiere siempre la misma historia. Parsons no dijo nada en un principio para no perjudicarle. Y cuando lo dijo era tarde para que mister Leverson pensara otra cosa. Es estúpido, es obstinado, y por eso se aferra a su historia. Dígame, monsieur, ¿cree posible lo que le digo?

—Sí, si sucedió como usted lo cuenta, es posible —repuso el abogado.

—A usted se le ha concedido el privilegio de ver a mister Leverson —dijo—. Explíquele lo que acabo de referirle y pregúntele si es o no cierto.

Poirot tomó un taxi en cuanto se vio en la calle.

—Harley Street, número 348 —dijo al taxista.

La partida de Poirot cogió a lady Astwell de sorpresa porque el detective no había hecho mención de lo que pensaba hacer. A su regreso, tras de una ausencia de veinticuatro horas, Parsons le comunicó que la dueña de la casa deseaba verle lo antes posible. Poirot encontró a la dama en su tocador. Estaba recostada en el sofá, con la cabeza apoyada en los almohadones, y parecía hallarse enferma, así como mucho más apesadumbrada que el día de la llegada del belga a Abbots Cross.

—¿De modo que ha vuelto, monsieur Poirot?

—He vuelto, milady.

—¿Fue usted a Londres?

Poirot hizo seña de que sí.

—¡Sin embargo, no me lo dijo! —exclamó vivamente lady Astwell.

—Perdón, milady. Debía hacerlo así. *La prochaine jois...*

—¡Hará exactamente lo mismo! —interrumpió lady Astwell—. Primero actúa y luego se explica. Es su divisa, lo veo.

—¿Quizá también por ser la divisa de milady? —dijo con un guiño Poirot.

—De vez en cuando —admitió—. ¿A qué fue usted a la capital, monsieur Poirot? ¿Puede decírmelo ahora?

—A celebrar una entrevista con el bueno de mister Miller y otra con el excelente mister Mayhew.

Lady Astwellle dirigió una mirada escudriñadora.

—¿Y ahora...?

Poirot la miró fijamente.

—Existe la posibilidad de que mister Charles Leverson sea inocente —repuso con acento grave.

—¡Ah! —lady Astwell hizo un movimiento tan brusco que echó a rodar por tierra los almohadones—. ¿Ve como tengo razón, lo ve?

—Fíjese que he dicho la posibilidad, madame.

El acento con que profirió estas palabras el detective llamó la atención de lady Astwell, e incorporándose sobre un codo le dirigió una mirada penetrante.

—¿Puedo servirle de algo? —interrogó después.

—Sí —Poirot hizo una señal afirmativa—. Dígame, lady Astwell, ¿por qué sospecha de Owen Trefusis?

—Porque sé que es el criminal. Esto es todo.

—Por desgracia no basta eso. Esfuércese por recordar, madame, la noche fatal. Pase revista mental a los detalles, a los acontecimientos más insignificantes. ¿Qué dijo o hizo el secretario durante ella? Porque haría o diría algo, no cabe duda...

Lady Astwell meneó la cabeza.

—La verdad —confesó —es que apenas reparé en él.

—¿Le preocupaba otra cosa?

—Sí.

—¿La animadversión de su marido por miss Lily Murgrave tal vez?

—Justamente. Veo que lo sabe tan bien como yo, monsieur Poirot.

—Yo lo sé todo —declaró con aire impresionante el hombrecillo.

—Quiero muchísimo a Lily, monsieur Poirot, ya ha podido verlo por sí mismo, y Ruben comenzó a desbarrar. Me dijo que Lily había falsificado las referencias que me presentó y no lo niego: las falsificó. Pero yo misma he hecho cosas peores, porque cuando se trata con empresarios de teatro hay que tener picardía, por esto no existe nada que no haya escrito, dicho o hecho en mis buenos tiempos.

»Lily tenía que ocupar el puesto que se le ofrecía y por esta razón hizo algo reprensible desde su punto de vista, monsieur Poirot, no lo pongo en duda. Pero los hombres son exigentes y poco comprensivos y a juzgar por el escándalo que armó Ruben cualquiera hubiese dicho que había sorprendido a Lily robándole millones de libras. Yo, la verdad, me disgusté mucho, porque si bien usualmente conseguía calmar a mi marido, aquella noche estuvo terriblemente obstinado el pobrecillo. De manera que ni reparé en el secretario ni creo que nadie reparara tampoco en él. Sé que estaba en casa, eso es todo.

—Sí; mister Trefusis carece de una personalidad acusada, ya me he fijado —dijo Poirot—. No tiene el menor relieve.

—En efecto. No se parece a Victor.

—Mister Victor Astwell es... explosivo en alto grado, ¿verdad?

—Sí, explosivo es la palabra adecuada —dijo lady Astwell—. Sus palabras, sus actos, tienen mucha semejanza con esos fuegos artificiales que se lanzan en las plazas.

—Tiene el genio vivo, ¿no es cierto?

—Oh, cuando se le hostiga es un perfecto demonio, pero vea lo que son las cosas, no me inspira el menor miedo. Victor ladra, pero no muerde.

Poirot fijó la vista en el techo.

—¿De manera que no puede decirme nada acerca del se cretario? —murmuró.

—Ya lo he dicho y lo repito, monsieur Poirot. Nada sé. Me guía una intuición únicamente.

—Con ella no se ahorca a un hombre, y lo que es más: tampoco se salva a un hombre de la horca. Lady Astwell, si cree sinceramente en la inocencia de mister Leverson y supone que sus sospechas tienen un sólido fundamento, ¿me permite llevar a cabo un pequeño experimento?

—¿De qué especie? —preguntó con recelo lady Astwell.

—¿Me permite que la coloque en estado de hipnosis?

—¿Para qué?

Poirot se inclinó hacia ella.

—Si dijera a usted, madame, que su intuición se basa en unos hechos registrados en su subconsciente se mostraría escéptica. Por ello digo solamente que ese experimento puede tener suma importancia para mister Charles Leverson, ese joven infortunado.

—¿Y quién me pondrá en estado de trance? ¿Usted?

—Un amigo mío, lady Astwell, que llega, si no me equivoco, en este momento, porque oigo fuera un coche.

—¿Quién es ese señor?

—El doctor Cazalet, de Harley Street.

—¿Es... digno de crédito?

—No es un charlatán, madame, si es esto lo que se figura. Puede ponerse en sus manos sin la menor desconfianza.

—Bueno —lady Astwell exhaló un suspiro—. No creo en esa clase de experimentos, pero probaremos si le parece. Que no se diga que le pongo inconvenientes.

—Mil gracias, milady.

Poirot salió presuroso de la habitación. Poco después regresó acompañado de un hombrecillo jovial, de cara redonda, con lentes, que modificó al momento la idea que lady Astwell se había formado de un hipnotizador. Poirot hizo la presentación.

—Bueno —dijo con visible buen humor la dueña de la casa—. ¿Cuándo vamos a comenzar... este sainete?

—En seguida, lady Astwell. Es muy fácil, sumamente fácil —dijo el recién llegado—. Usted échese ahí, en el sofá..., eso es..., eso es... No se ponga nerviosa.

—¿Nerviosa yo? —exclamó lady Astwell—. ¡Quisiera ver quién es el guapo que se atreve a hipnotizarme en contra de mi voluntad!

El doctor Cazalet le dirigió una amplia sonrisa.

—Si consiente no será en contra de su voluntad, ¿comprende? —replicó alegremente—. Bien, apague esa luz, ¿quiere, monsieur Poirot? Y usted, lady Astwell, dispóngase a echar un sueñecito.

El doctor varió levemente de postura.

—Se hace tarde..., usted tiene sueño..., tiene sueño. Le pesan los párpados..., ya se cierran..., ya se cierran... Pronto quedará profundamente dormida.

La voz del doctor se asemejaba a un zumbido apagado, monótono, tranquilizador. Poco después se inclinaba para volver con suavidad un párpado de lady Astwell. A continuación se volvió a Poirot y le hizo una seña visiblemente satisfecho.

—Ya está —dijo en voz baja—. ¿Prosigo?

—Sí, por favor.

La voz del doctor asumió ahora un tono vivo y muy autoritario.

—Duerme usted, lady Astwell, pero me oye y puede responder a mis preguntas —dijo.

Sin moverse, sin agitar un párpado siquiera, la figura tendida en el sofá respondió en voz baja e inexpresiva:

—Le oigo. Puedo responder a sus preguntas.

—Hablemos de la noche en que asesinaron a su marido. ¿La recuerda?

—Sí.

—Usted está sentada a la mesa. Es la hora de cenar. Descríbame lo que vio, lo que sentía.

La figura tendida en el sofá se agitó con desasosiego.

—Estoy muy disgustada. Me preocupa Lily.

—Ya lo sabemos. Cuéntenos lo que vio.

—Victor se come las almendras saladas; es muy glotón. Mañana diré a Parsons que no ponga el plato de las almendras en ese lado de la mesa.

—Continúe, lady Astwell.

—Ruben está de mal humor. No creo que Lily tenga toda la culpa. Hay algo más. Piensa en sus negocios. Victor le mira de un modo raro.

—Hablemos de mister Trefusis, lady Astwell.

—Tiene deshilachado un puño de la camisa. Se pone una cantidad excesiva de gomina en el pelo. Los hombres usan gomina. Me gustaría que no lo hicieran porque echan a perder las fundas de las butacas.

Cazalet miró a Poirot y éste le hizo una seña.

—Ha pasado la hora de la cena y está tomando el café, lady Astwell. Descríbanos la cena.

—El café está bueno, cosa rara, porque no puedo fiarme de la cocinera, que es muy variable. Lily mira sin cesar por la ventana, ignoro por qué. Ruben entra en el salón ahora. Está de un humor pésimo y estalla. Lanza toda una sarta de palabras ofensivas contra el pobre mister Trefusis. Éste tiene en la mano el cortapapeles grande, grande como un cuchillo y lo empuña con fuerza. Me doy cuenta porque tiene blancos los nudillos. ¡Vaya!, ahora lo empuña lo mismo que si fuera a clavárselo a alguien... Ahora han salido juntos él y mi marido. Lily lleva puesto el vestido verde claro; está muy bonita con él, bonita como un lirio. La semana que viene ordenaré que laven esas fundas...

—¡Un momento, lady Astwell!

El doctor se inclinó a Poirot.

—Me parece que ya lo tenemos —murmuró—. La maniobra de Trefusis con el cortapapeles la ha convencido de que el secretario verificó el crimen.

—Pasemos ahora a la habitación de la Torré.

El doctor hizo un gesto de asentimiento y volvió a someter a lady Astwell al interrogatorio con voz conminatoria.

—Se hace tarde; usted se halla con su marido en la habitación de la Torre. ¿Han reñido, no es eso?, y durante un rato.

La figura tendida volvió a agitarse, inquieta.

—Sí..., ha sido terrible, terrible. ¡La de cosas lamentables que nos hemos dicho!

—No piense ahora en ello. ¿Ve la habitación con claridad? Las cortinas están corridas, las luces encendidas...

—No, no hay encendida más que la lámpara de pie.

—Bien, ahora deja a su marido, se despide de él...

—No me despido de él. Estoy muy enfadada.

—Ya no volverá a verle; le asesinarán pronto. ¿Sabe quién le mató, lady Astwell?

—Sí. Mister Trefusis.

—¿Por qué?

—Porque divisé el bulto, un bulto detrás de las cortinas.

—¿Había un bulto al otro lado?

—Sí, casi lo tocaba.

—¿Era un hombre que se ocultaba? ¿Mister Trefusis?

—Sí.

—¿Cómo lo sabe?

Por vez primera la monótona voz titubeó en responder y perdió el acento confiado.

—Porque... vi su juego con el cortapapeles.

Poirot y el doctor cambiaron una rápida mirada.

—No comprendo, lady Astwell. Usted dice, ¿verdad?, que había un bulto detrás de las cortinas. ¿Se ocultaba alguien al otro lado? ¿Vio usted a la persona que se ocultaba?

—No.

—¿Cree que era mister Trefusis porque le vio empuñar el cortapapeles en el salón?

—Sí.

—Pero había subido ya a su habitación...

—Sí, sí, ya había subido.

—Si es así, no podía estar allí escondido.

—No, no podía estar allí.

—¿Fue a despedirse antes que usted de su marido?

—Sí.

—¿Y ya no volvió a verle?

—No.

Lady Astwell se agitaba, se movía de un lado a otro, gemía en voz baja.

—Está saliendo del trance —dijo el doctor—. Bien, ya nos ha dicho todo lo que sabe, ¿no le parece?

Poirot hizo un gesto afirmativo. El doctor se inclinó sobre lady Astwell.

—Despierte —dijo con acento suave—. Despierte, ya. Dentro de un minuto abrirá los ojos.

Los dos hombres aguardaron y en efecto, lady Astwell abrió al punto los ojos y les miró, sorprendida.

—¿He dormido la siesta? —preguntó.

—Sí, lady Astwell, ha echado un sueñecito —repuso el doctor.

Ella le miró.

—Ya veo que me ha hecho víctima de una de sus jugarretas —manifestó.

—Si no se encuentra peor...

Lady Astwell bostezó.

—No, solamente muy cansada —repuso.

El doctor se puso en pie.

—Voy a pedir una taza de café y después les dejaré, de momento —dijo.

Cuando los dos hombres llegaban junto a la puerta preguntó la dueña de la casa:

—¿He... revelado algo?

Poirot volvió la cabeza, sonriendo.

—Nada de importancia, madame. Sabemos de sus labios que las fundas de las butacas necesitan ir sin remedio al lavadero.

—Así es. No había que ponerme en estado de trance para que les comunicara eso —repuso riendo lady Astwell—. ¿Nada más?

—¿Recuerda si mister Trefusis entró aquella noche?

—No estoy muy segura. Pudo haber entrado.

—¿Le dice algo el bulto que había detrás de las cortinas?

Lady Astwell frunció las cejas.

—Recuerdo que... —dijo lentamente—. No... la idea se disipa... sin embargo...

—Bien, no se preocupe, lady Astwell —dijo Poirot rápidamente—. No tiene importancia... no, ninguna.

El doctor acompañó a Poirot hasta su habitación.

—Bien —dijo Cazalet—. Creo que eso lo explica todo muy bien. No hay duda de que cuando sir Ruben insultó al secretario éste asió el cortapapeles y que tuvo que emplear toda su fuerza de voluntad para no actuar contra él de un modo violento. La mente de lady Astwell se hallaba ocupada por entero con el problema de Lily Murgrave, pero su subconsciente captó y reconstruyó equívocamente la acción de Trefusis.

»Inculcó en ella la firme convicción de que Trefusis había matado a sir Ruben. Pasemos ahora al bulto de las cortinas. Es muy interesante. Por lo que me ha referido deduzco que la mesa de la habitación de la Torre está colocada al lado de la ventana y, naturalmente, que ésta tiene cortinas.

—Sí, *mon ami*, unas cortinas de terciopelo negro.

—¿Y queda espacio entre las cortinas y el alféizar de la ventana para que pueda ocultarse alguien?

—Sí, pero un espacio muy justo, quizá.

—Entonces existe la posibilidad —dijo el doctor lentamente— de que, en efecto, se hubiera ocultado alguien en la habitación, no el secretario, ya que se le vio salir de ella. No era Victor Astwell porque Trefusis se lo tropezó al salir como tampoco pudo ser Lily Murgrave. Quien quiera que fuese estaba allí antes de que sir Ruben entrase en la habitación después de cenar. Usted ha descrito bien la situación. ¿Qué me dice del capitán Naylor? ¿Podía ser él quien estuviera escondido allí?

—Es siempre posible —admitió Poirot—. Porque si bien es verdad que cenó en el hotel es difícil de precisar con exactitud a qué hora salió de éste. Lo que puede asegurarse es su regreso a las doce y media de la noche.

—Entonces fue él —dijo el doctor— quien se escondió y él también quien cometió el crimen, pues sabemos que no le faltaban motivos y además tenía el arma a mano. Pero, veo que no le satisface la idea...

—Es que... tengo otras en la cabeza —confesó Poirot—. Dígame, monsieur *le Docteur*, supongamos por un momento que la misma lady Astwell hubiera cometido el crimen, ¿se descubriría necesariamente en estado de trance?

El doctor silbó entre dientes.

—Conque vamos a parar a eso, ¿eh? —murmuró—. Usted sospecha de lady Astwell. Sí, naturalmente, es posible que sea una criminal a pesar de no haber caído en ello hasta ahora. Es la última persona que estuvo al lado de sir Ruben... y ya nadie volvió a verle con vida. Respecto a su pregunta me inclino a responder, no. Si lady Astwell entrase en trance hipnótico firmemente resuelta a no declarar su participación en el crimen, respondería con toda sinceridad a sus preguntas, pero guardaría silencio acerca de este último punto. Tampoco demostraría tanta insistencia en afirmar la culpabilidad de mister Trefusis.

—Comprendido —dijo Poirot—. Pero no he dicho que sea culpable lady Astwell. Se trata de una idea, eso es todo.

—Este caso es uno de los más interesantes que he conocido —dijo minutos después el doctor—. Ya que aun dando por hecho que mister Leverson era inocente, existen muchos presuntos culpables: Humphrey Naylor, lady Astwell, incluso Lily Murgrave.

—Y otro que no menciona: Victor Astwell—concluyó tranquilamente Poirot—. Según dice, estuvo sentado en su habitación, con la puerta bien abierta, en espera de que mister Leverson regresase. Pero ¿podemos fiarnos de su palabra?

—¿Victor Astwell? ¿Se refiere al individuo ese que tiene mal genio?

—Precisamente.

El doctor se puso en pie.

—Bien, me vuelvo a la ciudad —dijo—. Ya me comunicará el giro que toman las cosas.

En cuanto se marchó el doctor, Poirot tocó el timbre. Llamaba a su ayuda de cámara.

—Una taza de tisana, George. Tengo los nervios destrozados.

—Sí, señor. En seguida.

Diez minutos después volvió con una taza humeante en la mano. Poirot aspiró con placer el humo que se desprendía de ella. Y mientras tomaba la tisana dijo en voz alta:

—Las leyes de caza son las mismas aquí que en el mundo entero. Para coger al zorro los cazadores montan a caballo y le echan los perros. Se corre, se grita, es cuestión de velocidad. Para cazar el ciervo (lo sé por mi amigo Hastings, pues yo no lo he cazado jamás) se emplea distinto sistema. Hay que arrastrarse sobre el estómago por espacio de largas horas. Mi buen George, aquí hay que emplear un procedimiento parecido al del gato doméstico. Éste se sitúa por espacio de largas horas aburridas ante la madriguera del ratón y le acecha, sin verificar el menor movimiento, sin dar síntomas de impaciencia y al propio tiempo renunciar a su propósito.

Poirot suspiró y dejó la taza en el plato.

—Le encargué que me trajera lo necesario para varios días. Mañana, mi buen George, marchará a Londres y me traerá lo necesario para dos semanas.

—Bien, señor —repuso George sin revelar la más leve sorpresa.

Sin embargo, la continua permanencia de Hércules Poirot en Mon Repos originó inquietud en otras personas y Victor Astwell habló del hecho con su hermana política.

—Todo está muy bien, Nancy, pero tú no sabes cómo son estos detectives. Éste vive aquí como el pez en el agua, es evidente y se dispone a pasar en la finca todo un mes a tu costa, desde luego, ya que le pagas a razón de dos guineas diarias.

Lady Astwell contestó que sabía cuidar sola sus intereses.

Lily Murgrave trataba, muy en serio, de disimular su turbación. Estuvo segura de que Poirot creía en su historia, pero ahora lo dudaba.

Poirot no jugaba limpio. A los quince días de su estancia en Mon Repos sacó, a la hora de la cena, un álbum pequeño de huellas dactilares. Como procedimiento para obtener las de los habitantes de la casa parecía una estratagema muy gastada. Sin embargo, nadie se atrevió a negarse a poner sobre él las yemas de los dedos. Sólo después que se retiró a descansar manifestó Victor Astwell lo que pensaba.

—¿Comprendes lo que significa eso, Nancy? ¡Que sospecha de uno de nosotros!

—¡Victor, no seas absurdo!

—¿Para qué ha exhibido ese álbum de huellas dactilares si no fuera por eso?

—Monsieur Poirot sabe muy bien lo que hace —dijo lady Astwell con complacencia, dirigiendo a Trefusis una mirada de soslayo.

En otra ocasión, Poirot introdujo un juego en la reunión: el de dibujar las huellas de los pies de los presentes sobre una hoja de papel. A la mañana siguiente entró con paso furtivo en la biblioteca sobresaltando a Owen Trefusis, que dio un salto en la silla como si de repente acabasen de dispararle un tiro.

—Perdone, monsieur Poirot —dijo con la habitual mansedumbre—, pero si he de serle franco nos tiene a todos con los nervios de punta.

—¿De veras? ¿Y por qué razón? —repuso el detective simulando inocencia.

—Pues porque considerábamos el asunto de mister Leverson como un caso patente, pero por lo visto opina usted de manera distinta.

Poirot, que miraba por la ventana, se encaró bruscamente con él.

—Voy a revelarle algo en confianza, mister Trefusis —dijo.

—¿Sí?

Mas Poirot no se dio prisa en empezar. Aguardó, titubeando un momento y cuando habló, sus palabras coincidieron con el ruido que hizo al abrirse y luego al cerrarse la puerta de la calle. Con una voz sonora que desmentía su reserva dijo ahogando los pasos que sonaban fuera en el vestíbulo:

—Afirmo, y que esto quede entre nosotros, mister Trefusis, que poseo la prueba de que cuando Charles Leverson entró por la noche en la habitación de la Torre, sir Ruben había fallecido ya.

El secretario se le quedó mirando.

—¿Posee la prueba? ¿Cómo no lo ha dicho antes? —interrogó.

—Lo sabrá a su debido tiempo. Entretanto, ¡silencio! Sólo usted y yo compartimos el secreto.

Al salir de la habitación se tropezó con Victor Astwell, que estaba en el vestíbulo, al otro lado de la puerta.

—Ya veo, monsieur, que acaba usted de llegar.

Astwell hizo una seña de que así era, en efecto.

—Por cierto —comentó luego— que hace un día frío y ventoso, ¡un tiempo de perros!

—¡Ah! Si es así no daré el acostumbrado paseo. Soy como los gatos, amo el calor, prefiero sentarme junto al fuego.

—Esto marcha —dijo por la tarde, frotándose las manos, a su fiel servidor—. Pronto darán el salto. Es duro, George, hacer el papel de gato y dura la espera, pero compensa, sí, compensa a las mil maravillas.

Al día siguiente, Trefusis tuvo que despachar determinado asunto en la ciudad y partió en el mismo tren que mister Victor Astwell. En cuanto salieron de la casa se apoderó de Poirot la fiebre de la actividad.

—¡George! ¡Manos a la obra! —exclamó—. Si fuera la doncella a limpiar esas habitaciones, entreténgala. Dígale cosas bonitas, George, pero ¡que no pase del corredor!

Comenzó sus pesquisas por la habitación del secretario, donde ni cajón ni estantería quedaron sin examinar. Luego colocó apresuradamente todo en su sitio y dio el registro por concluido. George, que estaba de guardia en la puerta, tosió con respeto.

—¿Me permite el señor?

—Sí, mi buen George.

—Los zapatos, señor. Los dos pares de color oscuro estaban en el segundo estante y los de cuero abajo. Al volver a ponerlos en ellos ha invertido usted el orden. Téngalo en cuenta.

—¡Maravilloso! —Poirot juntó las manos—. Pero no nos preocupemos porque no vale la pena. No tiene importancia, George, te lo aseguro. Mister Trefusis no es capaz de reparar en cosa tan pequeña.

—Como guste el señor.

—Claro que usted tiene el hábito de fijarse en todo —observó Poirot animándole mediante una palmadita en el hombro— y por cierto que le honra mucho.

El criado no contestó. Cuando, más adelante, Poirot repitió la operación matinal en la habitación de Victor Astwell no hizo el menor comentario a pesar de que el detective no puso la ropa blanca en los cajones con el debido cuidado. Sin embargo, en este segundo caso la razón estaba de su parte, no de la de Poirot, ya que Victor les armó un escándalo a su llegada por la noche.

—¿Qué se propone el belga del demonio con el registro de mi habitación? —vociferó—. ¿Qué diantre supone que va a encontrar en ella? ¡No toleraré que se repitan estas cosas!, ¿comprende? ¡Vean lo que se saca con tener en casa a un hurón, a un espía!

Poirot abrió los brazos con gesto elocuente y las palabras surgieron a cientos, a miles, a millones de su boca. Había estado torpe, oficioso y se sentía confuso. Se tomaba una libertad excesiva por lo que pidió a Victor mil perdones. De manera que el enfurecido caballero tuvo que ceder refunfuñando todavía.

Cuando, más tarde se tomó el detective la taza de tisana, murmuró:

—Esto marcha, mi buen George, sí: ¡esto marcha!

—El viernes es mi día —observó pensativo Hércules Poirot—. Me trae suerte.

—Ciertamente, señor.

—¿Es supersticioso también, mi buen George?

—Prefiero no sentar a trece a la mesa, señor, y me disgusta tener que pasar por debajo de una escalera, pero no albergo ninguna superstición acerca de los viernes.

—Bien, hoy ha de ver nuestro Waterloo.

—Sí, señor.

—Siente tal entusiasmo, mi buen George, que ni siquiera me pregunta lo que me propongo hacer...

—¿Qué es, señor?

—El registro final de la habitación de la Torre.

En efecto, después de desayunarse y con permiso de lady Astwell, Poirot pasó a la escena del crimen. Allí, a horas diversas de la mañana, los habitantes de la casa le vieron gatear por el suelo, someter a meticuloso examen las cortinas de terciopelo negro, ponerse de pie sobre las sillas y escudriñar los marcos de los cuadros que colgaban de las paredes. Y por primera vez lady Astwell se sintió realmente intranquila.

—Debo confesar que ese hombre me ataca los nervios —dijo—. No sé qué es lo que se trae entre manos, pero se arrastra por el suelo como un perro y me estremece. Desearía saber qué es lo que anda buscando. Lily, querida, levántate y ve a ver lo que hace. No, aguarda, prefiero que te quedes a mi lado.

—¿Desea que vaya yo a ver, lady Astwell? —preguntó su secretario, saliendo de detrás de la mesa.

—Si no tiene inconveniente, mister Trefusis...

Owen Trefusis salió de la habitación y subió la escalera que llevaba a la habitación de la Torre. A primera vista diríase vacía, no se veía a Hércules por ninguna parte. Trefusis disponíase a volver sobre sus pasos cuando oyó un ligero ruido, levantó la mirada y vio al hombrecillo que se hallaba, de pie, en mitad de la escalera de caracol que conducía al dormitorio situado encima.

Se hallaba agachado y en la mano izquierda sostenía una lente de aumento con la que examinaba minuciosamente el zócalo de madera y la alfombra.

Al posar el secretario los ojos en él, profirió un gruñido y se guardó la lente en el bolsillo. Luego se puso de pie sosteniendo algo entre los dedos índice y pulgar. En aquel momento se dio cuenta de la presencia de Trefusis.

—¡Ah, ah, el secretario! —dijo—. No le he oído llegar.

Parecía otro hombre. El triunfo y la exaltación resplandecían en su rostro.

Trefusis le miró sorprendido.

—Le veo muy satisfecho, monsieur Poirot. ¿Qué sucede? ¿Hay novedades?

—Ya lo creo —respondió—. Sepa que por fin encuentro lo que desde un principio andaba buscando. Lo tengo aquí, entre el índice y el pulgar. Es la prueba que necesito de la culpabilidad del criminal.

El hombrecillo ensanchó el pecho y el secretario arqueó las cejas.

—¿De modo que no es mister Charles Leverson?

—No. No es Charles Leverson. Ahora ya sé quién es, aun cuando no estoy seguro de su nombre. Sin embargo, todo está claro como la luz.

Poirot bajó los últimos peldaños de la escalera y le dio un golpecito en el hombro al secretario.

—Debo marchar inmediatamente a Londres —le participó—. Comuníqueselo a lady Astwell en mi nombre. Dígale que deseo que esta noche, a las nueve en punto, estén todos ustedes en la habitación de la Torre. Yo me reuniré con ustedes y les revelaré la verdad del caso. ¡Ah!, estoy muy satisfecho.

Y tras marcar el compás de una danza de su invención, Poirot salió de la Torre. Aturdido, Trefusis le siguió con la mirada.

Poco después Poirot entró en la biblioteca para pedirle una cajita de cartón.

—No poseo ninguna, por desgracia —explicó— y debo guardar dentro un objeto de valor.

Trefusis sacó una del cajón de la mesa y Poirot se manifestó encantado.

Al correr escaleras arriba con su tesoro se tropezó con George que a la sazón estaba en el descansillo y le entregó la caja.

—Dentro hay un objeto de suma importancia —le explicó—. Colóquela, mi buen George, en el segundo cajón del tocador, junto al estuche que contiene los gemelos de perlas.

—Bien, señor.

—Tenga cuidado, no vaya a romperla —le encargó el detective—. Dentro hay algo que llevará a la horca al criminal.

—¡No me diga, señor! —exclamó el criado.

Poirot volvió a bajar de prisa la escalera, tomó el sombrero y se alejó a buen paso.

Su vuelta fue menos ostentosa. De acuerdo con sus órdenes, el fiel George le franqueó la entrada en la casa por la puerta de servicio.

—¿Están todos en la habitación de la Torre?

—Sí, señor.

Los dos cambiaron unas palabras, a media voz y luego Poirot subió la escalera con el aire triunfante del vencedor y entró en la misma habitación en que, aún no hacía un mes, se había verificado el crimen. Todo el mundo se hallaba reunido ya allí: lady Astwell, Lily Murgrave, el secretario y Parsons, el mayordomo. Este último se mantenía con visible azoramiento cerca de la puerta y preguntó a Poirot:

George, señor, me ha dicho que es necesaria mi presencia, pero no sé si debo...

—Sí, siéntese, por favor —repuso el detective.

Y avanzó unos pasos hasta situarse en el centro de la habitación.

—Éste es un caso interesantísimo —dijo reflexivamente—, sobre todo porque todos ustedes han podido asesinar a sir Ruben. En efecto, ¿quién hereda su fortuna? Charles Leverson y lady Astwell. ¿Quién estuvo a su lado hasta el fin la última noche de su vida? Lady Astwell. ¿Quién riñó violentamente con él? ¡Siempre lady Astwell!

—¡Oiga! ¿De qué está usted hablando? —exclamó la aludida—. No le comprendo...

—Pero no fue ella sola; otras personas discutieron también con su marido —siguió diciendo Poirot con acento pensativo—. Una de ellas se separó de él con el rostro blanco de furia. Suponiendo que lady Astwell dejara a su marido con vida a las doce y cuarto de la noche, transcurrieron diez minutos en que le fue posible a alguien que se hallaba en el segundo piso bajar de puntillas, llevar a cabo la hazaña y volver después cautelosamente a su habitación.

Victor dio un grito y se levantó de un salto

—¿Qué demonios...? —comenzó a decir iracundo. Y calló porque le ahogaba la rabia.

—Usted, mister Astwell, mató a un hombre en África durante un ataque de cólera...

—¡No lo creo! —exclamó Lily Murgrave.

Y avanzó con las manos cerradas, con dos manchas de color en las mejillas.

—No lo creo —repitió colocándose al lado de Victor Astwell.

—Es cierto, Lily —dijo este último—, pero por causas que ese hombre ignora. El hombre a quien maté en un arrebato era un médico brujo que acababa de asesinar a quince niños. El hecho justificaba mi locura. Así lo considero.

Lily se aproximó a Poirot.

—Monsieur Poirot —dijo con acento grave—, se engaña usted. Un hombre puede tener mal genio, puede llegar a romper cosas, a proferir insultos, o amenazas, pero no cometerá un crimen sin motivo. *Lo sé, lo sé,* repito, mister Astwell es incapaz de semejante cosa.

Poirot la miró y una sonrisa particular iluminó su rostro. Luego la asió por una mano y dio varias palmaditas suaves en ella.

—Veo, mademoiselle, que también usted tiene sus intuiciones. ¿Cree en mister Astwell, no es cierto?

Lily repuso sin alterarse:

—Mister Astwell es un hombre excelente, un hombre honrado. No tiene que ver con el trabajo de zapa de los campos de oro de Mpala. Es bueno de pies a cabeza y le he dado palabra de matrimonio.

Victor se acercó a ella y le tomó la otra mano.

—¡Declaro ante Dios, monsieur Poirot —dijo con acento solemne—, que no maté a mi hermano!

—Lo sé —repuso el detective.

Sus ojos abarcaron la habitación de una sola ojeada.

—Escuchen, amigos —dijo—. En trance hipnótico lady Astwell ha confesado que aquella noche vio el bulto de un hombre escondido detrás de las cortinas.

Todas las miradas se dirigieron a la ventana.

—¿De manera que el asesino se escondió ahí detrás? ¡Magnífica solución! —exclamó Astwell.

—No se escondió ahí; se escondió allí —dijo con un tono suave el detective.

Giró sobre los talones y les señaló las cortinas que tapaban la escalera de caracol.

—Sir Ruben había utilizado el dormitorio la noche antes. Desayunóse en la cama e hizo subir a mister Trefusis para darle instrucciones. Ignoro qué fue lo que mister Trefusis se dejó en esa habitación, pero se dejó algo. Después de dar las buenas noches a sir Ruben y a lady Astwell lo recordó y corrió en su busca escaleras arriba. No creo que sir Ruben ni lady Astwell reparasen en él porque habían iniciado ya una violenta discusión. Cuando estaban enzarzados en ella volvió a bajar la escalera mister Trefusis.

»Las cosas que el matrimonio se decían eran de naturaleza tan íntima y personal que, naturalmente, colocaron al secretario en una situación embarazosa. Se daba cuenta de que le creían lejos de la Torre y por temor a suscitar la cólera de sir Ruben decidió quedarse donde estaba en espera de poder escurrirse, sin ser visto, más adelante. Permaneció, pues, oculto, tras las cortinas de la escalera y por ello al salir lady Astwell reparó, inconscientemente, en un bulto que formaba su cuerpo.

»Trefusis trató luego de salir a su vez sin que le vieran, pero sir Ruben volvió de improviso la cabeza y se dio cuenta de la presencia del secretario.

»Señoras y caballeros, debo decirles que no he seguido en balde unos cursos de psicología. Por consiguiente durante estos días he estado buscando no al hombre o la mujer de mal genio, sino al hombre paciente, al que por espacio de nueve años ha sabido dominar sus nervios y ha desempeñado el último papel de los ocupantes de la casa. Por ello me doy cuenta de que no existe una tensión más exagerada que la que él ha soportado durante este tiempo, ni tampoco existe resentimiento mayor del que en su interior ha ido acumulando.

»Por espacio de nueve años seguidos, sir Ruben le ha ofendido, le ha insultado, ha abusado de su paciencia y él todo lo ha soportado en silencio. Pero al fin llega un día en que la tensión llega a su colmo, en que se rompe la cuerda tirante y ¡pum! salta. Eso es lo que sucedió aquella noche.

Sir Ruben volvió a sentarse a la mesa, pero en lugar de dirigirse humilde y mansamente a la puerta, el secretario tomó la azagaya de madera y asestó el golpe con ella al hombre que tanto le había provocado.

Trefusis se había quedado de piedra. Poirot se volvió a mirarle.

—Su coartada era de las más simples. Todos le creían en su habitación, sin embargo, *nadie le vio dirigirse a ella.* Mientras procuraba salir de la Torre sin hacer ruido, oyó un rumor y se apresuró a ocultarse otra vez detrás de la cortina. Allí estaba pues cuando entró Charles Leverson y también seguía allí cuando llegó Lily Murgrave. Después de desaparecer esta última, cruzó andando de puntillas la casa silenciosa. ¿Lo niega, mister Trefusis?

Trefusis balbució:

—Yo... jamás...

—Terminemos. Hace dos semanas que representa usted una comedia y hace dos semanas que me esfuerzo por demostrarle cómo se cierra la red a su alrededor. Las huellas digitales, las de los pies, respondían a un solo objeto: el de aterrorizarle. Usted ha debido permanecer despierto por las noches, temiendo y preguntándose continuamente: «¿Habré dejado huella de mis manos o de mis pies en la habitación?».

»Más de una vez habrá pasado revista a los acontecimientos pensando en lo que hizo o dejó de hacer y de esta manera le he ido atrayendo a un estado propicio para que diera el resbalón. Cuando cogí hoy un objeto en la misma escalera donde estuvo escondido, he visto retratado en sus ojos el miedo y por ello le pedí la cajita que confié a George antes de salir de casa.

Poirot se volvió a medias.

—¡George! —llamó.

—Aquí estoy, señor.

El criado avanzó unos pasos.

—Dé cuenta de mis instrucciones a estas señoras y caballeros.

—Yo debía permanecer escondido, señor, en el armario ropero de su habitación después de guardar la cajita en el sitio que me señaló. A las tres y media de esta tarde vi al criminal.

—En esta caja había yo guardado un alfiler común —explicó Poirot—. Digo la verdad. Esta mañana lo encontré en la escalera de caracol y como dice el refrán: "quien ve un alfiler y lo recoge tiene asegurada la suerte", lo cogí y ya lo ven ustedes. ¡Acabo de descubrir al criminal!

Poirot se volvió al secretario.

—¿Lo ve? —dijo en un tono suave—, *¡usted mismo se ha traicionado!*

Trefusis cedió de repente. Sollozando se dejó caer en una silla y ocultó la cara en las manos.

—¡Me volví loco —gimió—, loco, Dios mío! Ya no podía más. Hace años que odiaba y despreciaba a sir Ruben.

—¡Lo sabía! —exclamó lady Astwell.

Dio un salto hacia adelante; de su rostro irradiaba la luz del triunfo.

—¡Sabía que era él quien había cometido el crimen!

Y se colocó de súbito delante del detective, salvaje y triunfante.

—Sí, tenía razón —confesó éste—. Es verdad que pueden darse nombres distintos a una misma cosa, pero el hecho queda. Su *intuición*, lady Astwell, no le engañaba. La felicito cordialmente.

EL EXPRESO DE PLYMOUTH

Alec Simpson, de la Marina Real, subió en la estación de Newton Abbot a un compartimiento de primera clase del expreso de Plymouth. Le seguía un mozo con la pesada maleta. Al ir a colocarla en la red se lo impidió el joven marino.

—No, déjela encima del asiento. Yo mismo la colocaré en la red. Tome usted.

—Gracias, señor.

El mozo se retiró satisfecho de la generosa propina.

Las portezuelas se cerraron de golpe; una voz estentórea gritó: "Cambio de tren en Torquay. Próxima parada Plymouth". Sonó luego un silbido y el tren salió lentamente de la estación.

El teniente Simpson tenía todo el coche para él solo. El aire de diciembre era frío y subió la ventanilla. Luego olfateó expresivamente y frunció el entrecejo. ¡Qué olor más particular! Le recordaba el hospital y la operación de la pierna. Eso es. Olía a cloroformo.

Volviendo a bajar la ventanilla varió de asiento ocupando el que daba la espalda a la locomotora. Hecho esto sacó la pipa del bolsillo y la encendió. Luego permaneció pensativo un instante, fumando, mirando la oscuridad.

Cuando salió de su ensimismamiento abrió la maleta, sacó de su interior libros y revistas, volvióla a cerrar y trató sin éxito de colocarla debajo del asiento. Un obstáculo invisible se lo impedía. Impaciente la empujó con más fuerza. Pero continuó sin entrar.

—¿Por qué no entrará del todo? —se preguntó.

Maquinalmente tiró de ella y se agachó para ver lo que había detrás. En seguida sonó un grito en la noche y el gran tren hizo alto obedeciendo a un imperioso tirón de la alarma.

—Ya sé, *mon ami*, que le interesa el caso misterioso del expreso de Plymouth —me dijo Poirot—. Lea esto detenidamente.

Extendí el brazo y tomé la carta que me alargaba desde el otro lado de la mesa. Era muy breve y decía así:

"Muy señor mío:

»Le quedaré muy agradecido si se sirve venir a verme cuando y como le acomode.

»Su afectísimo servidor,

EBENEZER HALLIDAY"

Como no me parecía muy clara la relación que guardaba esta carta con el acontecimiento que acabo de narrar miré a Poirot con aire perplejo.

Por toda respuesta cogió un periódico y leyó en voz alta: "Anoche se verificó un descubrimiento sensacional en una de las líneas férreas de la capital. Un joven oficial de Marina que volvía a Plymouth encontró debajo del asiento del coche el cadáver de una mujer que tenía un puñal clavado en el corazón. El oficial dio la señal de alarma y el tren hizo alto. La mujer, de unos treinta años poco más o menos, no ha sido identificada todavía".

—Vea lo que el mismo periódico dice más adelante: "Ha sido identificado el cadáver de la mujer asesinada en el expreso de Plymouth. Se trataba de la honorable mistress Rupert Carrington". ¿Comprende, amigo mío? Si no lo comprende, sepa que mistress Rupert Carrington se llamaba, antes de su matrimonio, Flossie Halliday, hija del viejo Halliday, rey del acero, que reside en Estados Unidos.

—¿Y este señor se llama Halliday? ¡Magnífico!

—En cierta ocasión tuve la satisfacción de prestarle un pequeño servicio. Se trataba de unos bonos al portador. Y una vez cuando fui a París para presenciar la llegada de un personaje real hice que me señalasen a mademoiselle Flossie. La denominaban *la jolie petite pensionnaire* y tenía también una *jolie dot.* Causó sensación. Pero estuvo en un tris de hacer un mal negocio.

—¿De veras?

—Sí, con un llamado conde de la Rochefour. *Un bien mauvais sujet*! Una mala cabeza, como dirían ustedes. Era un aventurero que sabía cómo se conquista a una muchacha romántica. Por suerte el padre lo advirtió a tiempo y se la llevó a Estados Unidos. Dos años después supe que había contraído matrimonio, pero no conozco al marido.

—¡Hum! —exclamé—. El honorable Rupert Carrington no es lo que se dice un Adonis. Además todos sabemos que se arruinó en las carreras de caballos e imagino que los dólares del viejo Halliday fueron a parar muy oportunamente a sus manos. Es un mozo bien parecido, tiene buenos modales, pero en materia de pocos escrúpulos, ¡no tiene rival!

—¡Ah, pobre señora! *Elle n'est pas bien tombée!*

—Supongo, no obstante, que debió ver en seguida que no era ella sino su fortuna la que seducía a su marido, porque no tardó en separarse de él. Últimamente oí decir que habían pedido la separación legal y definitiva.

—El viejo Halliday no es tonto y debe tener bien amarrado el dinero.

—Probablemente. Además todos sabemos que el honorable Carrington ha contraído deudas.

—¡Ah, ah! Yo me pregunto...

—¿Qué?

—Mi buen amigo, no se precipite. Ya veo que el caso despierta su interés. Acompáñeme, si gusta, a ver a Halliday. Hay una parada de taxis en la esquina.

Pocos minutos después estábamos delante de la soberbia finca de Park Lane alquilada por el magnate estadounidense. En cuanto llegamos se nos condujo a la biblioteca donde, casi al instante, se nos incorporó un caballero de aventajada estatura, corpulento, de mentón agresivo y ojos penetrantes.

—¿Mister Poirot? —preguntó, dirigiéndose al detective—. Supongo que no hay necesidad de que le explique por qué le he llamado. Usted lee el periódico y yo no estoy dispuesto a perder el tiempo. Supe que estaba aquí, en Londres, y recordé el buen trabajo que llevó a cabo para mí en cierta ocasión, porque jamás olvido a las personas que me sirven a mi entera satisfacción. No me falta el dinero. Todo lo que he ganado era para mi pobre hija y ahora que ha muerto estoy resuelto a gastar hasta el último penique en la búsqueda del malvado que me la arrebató. ¿Comprende? A usted le encargo ese cometido.

Poirot saludó.

—Y yo acepto, monsieur, con tanto más gusto cuanto que la vi varias veces en París. Ahora le ruego que me explique con todo detalle las circunstancias de su viaje a Plymouth, así como todo lo que crea conveniente.

—Bien, para empezar le diré a usted —repuso Halliday— que mi hija no se dirigía a esa localidad. Pensaba asistir a una fiesta en Avommead Court, finca que pertenece a la duquesa de Paddington, en el tren de las doce y cuarto y llegar a Bristol donde tenía que efectuar un transbordo a las dos cincuenta minutos. Los expresos que van a Plymoutlt corren vía Westbury, como ya es sabido, y por eso no pasan por Bristol. Además, tampoco el tren de las doce y cuarto se para en dicha localidad después de detenerse en Weston, Taunton, Exeter y Newton Abbot. Mi hija viajaba sola en su coche, un reservado para señoras, y su doncella iba en un coche de tercera.

Poirot hizo seña de que había entendido y Halliday prosiguió:

—En las fiestas de Avommead se incluían varios bailes y mi hija se llevó casi todas sus joyas, cuyo valor asciende en total a unos cien mil dólares.

—¡Un momento! —interrumpió Poirot—. ¿Quién se hizo cargo de éstas, ella o la doncella?

—Mi hija. Siempre las llevaba consigo en un estuche azul de tafilete.

—Bien. Continúe, monsieur...

—En Bristol, la doncella, Jane Mason, tomó la maleta y el abrigo de su señora y se dirigió al compartimiento de Flossie. Mi hija le notificó que no pensaba apearse del tren, sino que iba a continuar el viaje. Ordenó a Mason que sacara del furgón de cola el equipaje y que lo depositara en la estación. Mason podía tomar el té en el restaurante, pero sin moverse de la estación hasta que volviera a Bristol su señora en el último tren de la tarde. La muchacha se sorprendió, pero hizo lo que se le ordenaba. Dejó en consigna el equipaje y se fue a tomar una taza de té. Pero aun cuando los trenes fueron llegando, uno tras otro, durante toda la tarde, su señora no apareció. Finalmente dejó donde estaba el equipaje y se fue a un hotel vecino donde pasó la noche. Por la mañana supo la tragedia y volvió a casa sin perder momento.

—¿Conoce algo que pueda explicarnos el súbito cambio de plan de su hija?

—Bien; según Jane, en Bristol, Flossie ya no iba sola en el coche. La acompañaba un hombre que se asomó a la ventanilla opuesta para que ella no le viera la cara.

—El tren tendría pasillo, ¿no es eso?

—Sí.

—¿En qué lado se hallaba?

—En el del andén. Mi hija estaba de pie en él cuando habló con Mason.

—¿Y usted no duda de...?, *pardon*! —Poirot se levantó colocando en correcta posición el tintero que se había movido—. *Je vous demande pardon* —dijo volviendo a sentarse—, pero me atacan los nervios las cosas torcidas. Es extraño, ¿no? Bien. Decía, monsieur, ¿no duda que ese encuentro inesperado ocasionara el súbito cambio de plan de su hija?

—No lo dudo. Me parece la única suposición razonable.

—¿Tiene alguna idea de la identidad del caballero?

—No, no, en absoluto.

—¿Quién encontró el cadáver?

—Un joven oficial de marina que se apresuró a dar la voz de alarma. Había un médico en el tren, y examinó el cuerpo de mi pobre hija. Primero le dieron cloroformo y después la apuñalaron. Flossie llevaba muerta unas cuatro horas, de manera que debió cometerse el crimen a la salida de Bristol, probablemente entre éste y Weston, o entre Weston y Tauton seguramente.

—¿Y el estuche de las joyas?

—Ha desaparecido, mister Poirot.

—Todavía otra pregunta, monsieur; ¿a quién debe ir a parar la fortuna de su malograda hija a su fallecimiento?

—Flossie hizo testamento después de su boda. Lo deja todo a su marido —el millonario titubeó aquí un momento y en seguida agregó—: Debo confesar, mister Poirot, que considero un perfecto bribón a mi hijo político y que, de acuerdo conmigo, mi pobre hija iba a verse libre de él por vía legal, lo que no es cosa difícil de conseguir. Él no podía tocar un solo céntimo en vida de ella, pero desde hace unos años, aunque vivían separados, Flossie accedía a satisfacer sus peticiones de dinero para no dar lugar a un escándalo. Por ello, yo estaba resuelto a poner término a tal estado de cosas. Por fin Flossie se avino a complacerme y mis abogados tenían órdenes de iniciar las gestiones preliminares del divorcio.

—¿Dónde habita el honorable Carrington?

—En esta ciudad. Tengo entendido que ayer estuvo ausente, pero que volvió por la noche.

Poirot reflexionó un momento. Luego dijo:

—Creo que esto es todo, monsieur.

—¿Desea ver a la doncella Jane Mason?

—Sí, por favor.

Halliday tocó un timbre y dio una breve orden al criado que acudió a la llamada. Minutos después entró Jane en la habitación. Era una mujer respetable, de facciones duras y parecía emocionarle tan poco la tragedia como a todos los servidores.

—¿Me permite unas preguntas? —dijo Poirot—. ¿Reparó si su señora estaba igual que siempre ayer por la mañana? ¿No estaba excitada ni nerviosa?

—¡Oh, no, señor!

—¿Y en Bristol?

—En Bristol, sí, señor. Me pareció que se sentía trastornada y tan nerviosa que no sabía lo que decía.

—¿Qué fue lo que dijo exactamente?

—Bien, señor, si mal no recuerdo dijo: "Mason, debo alterar mis planes. Ha sucedido algo que... No. Quiero decir que no pienso apearme del tren, esto es todo. Debo continuar el viaje. Saque mi equipaje del furgón y llévelo a consigna; tome luego una taza de té y espéreme en la estación.

»—¿Que la espere, madame? —pregunté.

»—Sí, sí. No salga de ella. Yo volveré en el último tren. Ignoro a qué hora. Pero será tarde.

»—Está bien, madame —repuse yo—. No estaba bien que le hiciera ninguna pregunta, pero pensé que lo que sucedía era muy extraño.

—¿No entraba eso en las costumbres de su señora?

—No, señor.

—¿Y qué pensó usted?

—Pues pensé, señor, que lo que sucedía guardaba relación con el caballero que iba en el coche. La señora no le habló, pero una o dos veces se volvió a mirarle.

—¿Le vio el rostro?

—No, señor, porque me daba la espalda.

—¿Podría describírmelo?

—Llevaba puesto un abrigo castaño claro y una gorra de viaje. Era alto y esbelto y tenía el cabello negro.

—¿Le conocía usted?

—Oh, no. No lo creo, señor.

—¿No sería por casualidad su antiguo amo, mister Carrington?

Mason se sobresaltó.

—¡Oh, no lo creo, señor!

—Pero ¿no está segura?

—Tenía la misma estatura del señor. Pero lo he visto tan pocas veces que no afirmo que fuera él. ¡No, señor!

Había un alfiler sobre la alfombra. Poirot lo recogió y lo miró con rostro severo, frunciendo el ceño. Luego continuó:

—¿Le parece posible que el desconocido subiera al tren en Bristol antes de que llegara usted al reservado?

Mason se detuvo a pensarlo.

—Sí, señor. Es posible. Mi compartimiento iba atestado y pasaron varios minutos antes de poder salir del vagón. Luego la gente que llenaba el andén hizo que me retrasase. Pero supongo que de ser así, el desconocido hubiera dispuesto únicamente de un minuto o dos para hablar con mi señora, por lo que me parece más probable que llegase por el pasillo.

—Sí, ciertamente. Es más probable.

Poirot hizo una pausa, siempre con el ceño fruncido.

—¿Sabe el señor cómo iba vestida la señora?

—Los periódicos dan poquísimos detalles, pero puede ampliarlos, si gusta.

—Llevaba, señor, una toca de piel blanca, velo blanco de lunares y un vestido azul eléctrico.

—¡Hum! ¡Qué llamativo!

—Sí —observó mister Halliday—. El inspector Japp confía en que ese atavío nos ayudará a determinar el lugar en que se cometió el crimen ya que toda persona que haya visto a mi hija conservará su recuerdo.

—*Précisément!* Gracias, mademoiselle.

La doncella salió de la biblioteca.

—Bien —Poirot se levantó de un salto—. Ya no tenemos nada que hacer aquí. Es decir, si monsieur no nos explica todo, ¡todo!

—Ya lo hice.

—¿Está bien seguro?

—Segurísimo.

—Bueno, pues no hay nada de lo dicho. Me niego a ocuparme del caso.

—¿Por qué?

—Porque no es usted franco conmigo.

—Le aseguro...

—No, me oculta usted algo.

Hubo una pausa. Luego Halliday sacó un papel del bolsillo y lo entregó a su amigo.

—Adivino qué es lo que anda buscando, mister Poirot... ¡aunque ignoro cómo ha llegado a saberlo!

Poirot sonrió y desdobló el papel. Era una carta escrita en pequeños caracteres. Poirot la leyó en voz alta.

"*Chère* madame:

»Con infinito placer contemplo la felicidad de volver a verla. Después de su amable contestación a mi carta, apenas puedo contener la impaciencia. Nunca he olvidado los días pasados en París. Es cruel que tenga que salir de Londres mañana. Sin embargo, antes de que transcurra largo tiempo, es decir, antes de lo que cree, tendré la dicha de volver a ver a la dama cuya imagen reina, suprema, en mi corazón.

»Crea, madame, en la firmeza de mis devotos e inalterables sentimientos.

ARMAND DE LA ROCHEFOUR"

Poirot devolvió la carta a Halliday con una inclinación de cabeza.

—Supongo, monsieur, que ignoraba usted que su hija pensaba renovar sus relaciones con el conde de la Rochefour.

—¡La noticia me ha causado la misma sensación que si un rayo hubiera caído a mis pies! Encontré esta carta en el bolso de Flossie. Pero, como usted probablemente ya sabe, el llamado conde es un aventurero de la peor especie.

Poirot afirmó con el gesto.

—¿Cómo conocía usted la existencia de esta carta?

Mi amigo sonrió.

—No la conocía en realidad —explicó—. Pero tomar huellas dactilares e identificar la ceniza de un cigarrillo no son suficientes para hacer un buen detective. ¡Debe ser también buen psicólogo! Yo sé que su yerno le es antipático y que desconfía de él. ¿A quién beneficia la muerte de su hija? ¡A él! Por otra parte, la descripción que del individuo misterioso hace la doncella se parece a la de él. Sin embargo, usted no se apresura a seguirle la pista, ¿por qué? Seguramente porque sus sospechas toman otra dirección. Por ello deduje que me ocultaba algo.

—Tiene razón, monsieur Poirot. Estaba seguro de la culpabilidad de Rupert hasta que encontré esta carta, que me ha trastornado muchísimo.

—Sí. El conde dice: "Antes de que transcurra largo tiempo... antes de lo que cree". No cabe duda de que no quiso esperar a que usted supiera su reaparición. Ahora bien: ¿fue él quien bajó de Londres en el tren de las doce y cuarto? ¿Quién llegó por el pasillo hasta el compartimiento que ocupaba mistress Carrington? Porque si mal no recuerdo, ¡también el conde de la Rochefour es esbelto y moreno!

El millonario aprobó con el gesto estas palabras.

—Bien, monsieur, le deseo muy buenos días. En Scotland Yard deben tener la lista de las joyas desaparecidas, ¿no es verdad?

—Sí, señor. Si desea ver al inspector Japp, allí está.

Japp era un antiguo amigo y recibió a Poirot con un desdén afectuoso.

—¿Cómo está, monsieur? Celebro volver a verle a pesar de nuestra manera distinta de ver las cosas. ¿Qué tal las células grises? ¿Se fortifican?

Poirot le miró con rostro resplandeciente.

—Funcionan, mi buen Japp, funcionan, se lo aseguro —respondió.

—En tal caso todo va bien. ¿Quién cree que cometió el crimen? ¿Rupert o un criminal vulgar? He mandado vigilar los sitios acostumbrados, naturalmente. Así conoceremos si se han vendido las joyas, porque quienquiera que las posea no se quedará con ellas, digo yo, para admirar su brillo. ¡Nada de eso! Ahora trato de averiguar dónde estuvo ayer Rupert Carrington. Por lo visto es un misterio. Le vigila uno de mis hombres con todo celo.

—Precaución algo retrasada, ¿no le parece? —dijo Poirot.

—Usted dice siempre la última palabra, Poirot. Bien. Me voy a Paddington, Bristol, Weston y Tauton. ¡Hasta la vista!

—¿Tendría inconveniente en venir a verme por la tarde para que yo sepa el resultado de sus averiguaciones?

—Cuente con ello... si vuelvo.

—Ese buen inspector es partidario del movimiento —murmuró Poirot cuando salió nuestro amigo—. Viaja; mide las huellas de los pies; reúne ceniza de cigarrillos. ¡Es extraordinariamente activo! ¡Celoso hasta el límite de sus deberes! Si le hablara de psicología, ¿qué le parece que haría, amigo mío? Sonreiría. Se diría: "¡Ese pobre Poirot envejece! Llega a la edad senil". Japp pertenece a la nueva generación, y *ma foi*! ¡Esta generación moderna llama con tal prisa a las puertas de la vida, que no se da cuenta de que están abiertas!

—¿Qué piensa hacer ahora?

—Pues en vista de que se nos da *carte blanche* voy a gastarme tres peniques en llamar al Ritz desde un teléfono público, porque es donde se hospeda nuestro conde. Después, como tengo húmedos los pies, volveré a mis habitaciones y me haré una tisana en el hornillo de bencina.

No volví a ver a Poirot hasta la mañana siguiente, en que le hallé tomando pacíficamente el desayuno.

—¿Bien? —interrogué lleno de interés—. ¿Qué ha sucedido?

—Nada.

—Pero ¿y Japp?

—No le he visto todavía.

—¿Y el conde?

—Se marchó del Ritz anteayer.

—¿El día del crimen?

—Sí.

—¿Para qué decir más? ¡Rupert Carrington es inocente!

—¿Porque ha salido del Ritz el conde de la Rochefour? Va usted muy de prisa, amigo mío.

—De todos modos, deben ustedes seguirle, arrestarle. Pero ¿qué razones le habrán impulsado a cometer ese asesinato?

—Podría responder: unas joyas que valen cien mil dólares. Mas no, no es ésa la cuestión y yo me pregunto: ¿para qué matar a mistress Carrington cuando ella no hubiera declarado jamás en contra del ladrón?

—¿Por qué no?

—Porque era una mujer, *mon ami*. Y porque en otro tiempo amó a ese hombre. Por consiguiente soportaría su pérdida en silencio. Y el conde, que tratándose de mujeres es un psicólogo excelente, lo sabe muy bien. Por otra parte, si la mató Rupert Carrington, ¿por qué motivo se apoderó de las joyas? ¿Para qué demostrar su culpabilidad de la manera más patente?

—Quizá pensara en utilizarlas como tapadera.

—No le falta razón, amigo mío. ¡Ah, ya tenemos aquí a Japp! Reconozco su llamada.

El inspector parecía estar de un humor excelente y entró sonriendo.

—Buenos días, Poirot. Acabo de llegar. ¡He llevado a cabo un buen trabajo! ¿Y usted?

—Yo he puesto en orden mis ideas —repuso Poirot plácidamente.

Japp rió la ocurrencia de buena gana.

—El hombre envejece —se dijo a media voz. Y agregó en voz alta—: A los jóvenes no nos convence su actitud.

—*Quel dommage!* —exclamó Poirot.

—Bueno. ¿Quiere que le explique lo que he hecho?

—Permítame antes que lo adivine. Ha encontrado el cuchillo con que se cometió el asesinato junto a la vía del ferrocarril entre Weston y Tauton y ha entrevistado al vendedor de periódicos que habló, en Weston, con mistress Carrington.

Japp abrió, atónito, la boca.

—¿Cómo demonios lo sabe? ¡No me diga que gracias a esas "pequeñas células grises"!

—Celebro que siquiera, esta vez, admita que me sirven de algo. Dígame, ¿mistress Carrington regaló o no al vendedor un chelín para caramelos?

—No, media corona —Japp se había recobrado de la sorpresa y sonreía—. ¡Son muy extravagantes los millonarios estadounidenses!

—¡Y naturalmente, el chico no la ha olvidado!

—No, señor. No caen del cielo medias coronas todos los días. Parece que ella le llamó para comprarle dos revistas. En la cubierta de una había una muchacha vestida de azul. "Como yo", observó mistress Carrington. Sí, el chiquillo la recuerda muy bien. Pero eso no basta, compréndalo. Según la declaración del doctor debió de cometerse el crimen antes de la llegada del tren a Tauton. Supuse que el asesino debió arrojar en seguida el cuchillo por la ventanilla y por ello me dediqué a recorrer la vía; en efecto, allí estaba. En Tauton hice averiguaciones. Deseaba saber si alguien había visto a nuestro hombre, pero la estación es muy grande y nadie reparó en él. Probablemente regresaría a Londres, utilizando para su desplazamiento el último tren.

Poirot hizo un gesto.

—Es muy probable —concedió.

—Pero a mi regreso me comunicaron que alguien intentaba pasar las joyas. Anoche empeñaron una hermosa esmeralda de muchísimo valor. ¿Y a que no acierta quién empeñó esa joya?

—Lo ignoro. Lo único que sé es que era un hombre de poca estatura.

Japp se quedó mirando al detective.

—Bien, tiene razón. El hombre es bastante bajo. Fue Red Narky.

—¿Quién es Red Narky? —pregunté yo.

—Un ladrón de joyas, señor, que no tendría aprensión de cometer un asesinato. Por regla general trabajaba con una mujer llamada Gracie Kidd. Pero en esta ocasión actuó solo por lo visto. A no ser que Gracie haya huido a Holanda con el resto de la banda.

—¿Ha ordenado la detención de Narky?

—Naturalmente. Pero nosotros queremos apoderarnos del hombre que habló con mistress Carrington en el tren. Supongo que sería él quien planeó el robo, pero Narky no es capaz de delatar a un compañero.

Yo me di cuenta de que los ojos de Poirot asumían un precioso color verde.

—Creo —dijo con una voz suave— que ya sé quién es el compañero de Narky.

Japp le dirigió una mirada penetrante.

—Acaba de asaltarle una de sus ideas particulares, ¿no es cierto? Es maravilloso cómo, a pesar de sus años, consigue adivinar en ocasiones toda la verdad. Claro que es cuestión de suerte.

—Quizá, quizá —murmuró mi amigo—. Hastings, el sombrero. Y el cepillo. ¡Muy bien! Ahora las botas, si continúa lloviendo. No estropeemos la labor operada por la tisana. *Au revoir*, Japp!

—Buena suerte, Poirot.

El detective paró el primer taxi que apareció y ordenó al chofer que se dirigiera a Park Lane. Cuando se paró el taxi delante de la casa de Halliday, Poirot se apeó con la agilidad acostumbrada, pagó al taxista y tocó el timbre. Cuando el criado nos abrió la puerta, le dijo unas palabras en voz baja y el hombre nos condujo escalera arriba. Al llegar al último piso, nos introdujeron en una habitación reducida, pero limpia, ordenada y muy elegante.

Poirot se detuvo y dirigió una ojeada a su alrededor. Sus ojos se posaron en un pequeño baúl negro. Después de arrodillarse ante él y de examinar los rótulos que exhibía, sacó del bolsillo un trocito de alambre retorcido.

—Ruegue a mister Halliday que tenga la bondad de subir —dijo por encima del hombro del criado.

Al desaparecer éste, forzó con mano hábil la cerradura del baúl y, una vez abierta la tapa, comenzó a revolver apresuradamente el interior y a sacar la ropa que contenía dejándola en el suelo.

Un ruido de pasos pesados precedió a la aparición de Halliday.

—¿Qué hacen ustedes aquí? —interrogó sorprendido.

—Buscaba esto, monsieur.

Poirot le enseñó una falda y un abrigo de color azul y una toca de piel blanca.

—¿Qué significa esto? ¿Por qué miran ustedes en mi baúl?

Me volví. Jane Mason, la doncella, estaba en el umbral de la habitación.

—Cierre esa puerta, Hastings —dijo Poirot—. Bien. Apoye la espalda en ella. Así. Permítame, mister Halliday, que le presente ahora a Gracie Kidd, alias Jane Mason, que va a reunirse en breve a su cómplice Red Narky bajo la amable escolta del inspector Japp.

Poirot alzó una mano suplicante.

—¡Bah! Pero si no hay nada tan sencillo —exclamó, tomando más caviar—. La insistencia de la doncella en hablarme de la ropa que llevaba puesta su señora fue lo que primero me llamó la atención. ¿Por qué parecía tan ansiosa de que reparásemos en ese detalle? Y me dije al punto que después de todo teníamos que fiarnos exclusivamente de su palabra ya que era la única persona que había visto al hombre misterioso que hablaba en Bristol con su señora. De la declaración del doctor se desprende que lo mismo pudieron asesinarla antes que después de la llegada del tren a dicha localidad y si fuese así la doncella tenía por fuerza que ser cómplice del asesino. Mistress Carrington iba vestida de un modo llamativo. Las doncellas suelen elegir, en ocasiones, los vestidos que debe ponerse el ama. Y por ello, si después de pasar la estación de Bristol viera cualquiera a una señora vestida de azul con sombrero blanco, juraría sin hacerse rogar que era mistress Carrington a quien sin duda había visto.

»A continuación comencé a reconstruir mentalmente la escena. La doncella se proveyó de ropas por duplicado. Ella y su cómplice durmieron con cloroformo y mataron a mistress Carrington entre Londres y Bristol, aprovechando seguramente el paso del tren por un túnel. Hecho esto metieron el cadáver debajo del asiento y la doncella ocupó su puesto. En Weston procuró que se fijasen en ella. ¿Cómo? Llamando probablemente a un vendedor de periódicos y atrayendo su atención sobre el color del vestido mediante una observación natural. Después de salir de Weston arrojó el cuchillo por la ventanilla sin duda para hacer creer que el crimen se había cometido allí o bien se cambió de ropa, o bien se puso encima un abrigo. En Tauton se apeó del tren y regresó a escape a Bristol, donde su cómplice dejó, como estaba convenido, el equipaje en consigna. El hombre le entregó el billete y regresó a Londres. Ella aguardó como lo exigía su papel, en el andén, pasó luego la noche en un hotel y volvió a la ciudad a la mañana siguiente, según dijo.

»Japp confirmó todas esas deducciones al volver de su expedición. Me refiero... que también un bribón famoso había tratado de vender las joyas robadas. En seguida me di cuenta de que había de tener un tipo diametralmente opuesto al que Jane nos había descrito. Y al enterarme de que Red Narky trabaja siempre con Gracie Kidd... ¡bueno! Supe adónde tenía que ir a buscarla.

—¿Y el conde?

—Cuanto más reflexionaba en esto más convencido estaba de que no tenía nada que ver con el crimen. Ese caballero ama mucho su piel para arriesgarse a cometer un asesinato. Un hecho así no está en armonía con su manera de ser.

—Bien, monsieur Poirot —dijo Halliday—, acabo de contraer una deuda enorme con usted. Y el cheque que voy a extender después de la comida no la zanjará más que en parte.

Poirot sonrió modestamente y murmuró a mi oído:

—El buen Japp se dispone a gozar oficialmente de mayor prestigio, pero como dicen los estadounidenses, ¡fui yo quien llevó la cabra al matadero!

EL CASO DEL BAILE DE LA VICTORIA

Una pura casualidad impulsó a mi amigo Hércules Poirot, antiguo jefe de la Force belga, a ocuparse de la solución del caso Styles. Su éxito le granjeó notoriedad y decidió dedicarse a solucionar los problemas que plantean muchos crímenes. Después de ser herido en el Somme y de quedar inútil para la carrera militar, me fui a vivir con él a su casa de Londres. Y precisamente conozco al dedillo todos los asuntos que se trae entre manos, es lo que me ha sugerido el escoger unos cuantos, los de interés, y darlos a conocer. De momento me parece oportuno comenzar por el más enmarañado, por el que más intrigó en su época al gran público. Me refiero al llamado caso "del baile de la Victoria".

Porque si bien no es el que demuestra mejor los méritos peculiares de Poirot, sus características sensacionales, las personas famosas que figuraron en él y la tremenda publicidad que le dio la prensa, le prestan el relieve de *une cause* célebre y además hace tiempo que estoy convencido de que debo dar a conocer al mundo la parte que le correspondió a Poirot en su solución.

Una hermosa mañana de primavera me hallaba yo sentado en las habitaciones del detective. Mi amigo, tan pulcro y atildado como de costumbre, se aplicaba delicadamente un nuevo cosmético en su poblado bigote. Es característica de su manera de ser una vanidad inofensiva, que casa muy bien con su amor por el orden y por el método en general. Yo había estado leyendo el *Daily Newsmonger*, pero se había caído al suelo y hallábame sumido en sombrías reflexiones, cuando la voz de mi amigo me llamó a la realidad.

—¿En qué piensa, *mon ami*? —interrogó.

—En el asunto ese del baile —respondí—. ¡Es espantoso! Todos los periódicos hablan de él —agregué dando un golpecito en la hoja que me quedaba en la mano.

—¿Sí?

Yo continué, acalorándome:

—¡Cuanto más se lee, más misterioso parece! ¿Quién mató a lord Cronshaw? La muerte de Coco Courtenay, aquella misma noche, ¿fue pura coincidencia? ¿Fue accidental? ¿Tomó deliberadamente una sobredosis de cocaína? ¿Cómo averiguarlo? —Me interrumpí para añadir tras una pausa dramática—: He aquí las preguntas que me dirijo.

Pero, para gran contrariedad mía, Poirot no demostró el menor interés, no me hizo caso y se miró al espejo, murmurando:

—¡Decididamente esta nueva pomada es una maravilla! —al sorprender entonces una mirada mía se apresuró a decir—: Bien, ¿y qué responde usted?

Pero antes de que pudiese contestar se abrió la puerta y la patrona anunció al inspector Japp.

Éste era un antiguo amigo y se le acogió con gran entusiasmo.

—¡Ah! ¡Pero si es el buen Japp! —exclamó Poirot—. ¿Qué buen viento le trae por aquí?

—Monsieur Poirot —repuso Japp tomando asiento y dirigiéndome una inclinación de cabeza—. Me han encargado de la solución de un caso digno de usted y vengo a ver si le conviene echarme una mano.

Poirot tenía buena opinión de las cualidades del inspector, aunque deploraba su lamentable falta de método; yo, por mi parte, consideraba que el talento de dicho señor consistía, sobre todo, en el arte sutil de solicitar favores bajo pretexto de prodigarlos.

—Se trata de lo sucedido durante el baile de la Victoria —explicó con acento persuasivo—. Vamos, no me diga que no está intrigado y deseando contribuir a su solución.

Poirot me miró sonriendo.

—Eso le interesa al amigo Hastings —contestó—. Precisamente me estaba hablando del caso. ¿Verdad, *mon ami*?

—Bueno, que nos ayude —concedió benévolo el inspector—. Y si llega usted a desentrañar el misterio que lo rodea podrá adjudicarse un tanto. Pero vamos a lo que importa. Supongo que conocerá ya los pormenores principales, ¿no es eso?

—Conozco únicamente lo que cuentan los periódicos... y ya sabemos que la imaginación de los periodistas nos extravía muchas veces. Haga el favor de referirme la historia.

Japp cruzó cómodamente las piernas y habló así:

—El martes pasado fue cuando se dio el baile de la Victoria en esta ciudad, como todo el mundo sabe. Hoy se denomina "gran baile" a cualquiera de ellos, siempre que cueste unos chelines, pero éste al que me refiero se celebró en el Colossus Hall y todo Londres, incluyendo a lord Cronshaw y sus amigos, tomó parte en...

—¿Su *dossier*? —dijo interrumpiéndole Poirot—. Quiero decir su bio... ¡No, no! ¿Cómo le llaman ustedes? Su biografía.

—El vizconde Cronshaw, quinto de este nombre, era rico, soltero, tenía veinticinco años y demostraba gran afición por el mundo del teatro. Se comenta y dice que estaba prometido a una actriz, miss Courtenay, del teatro Albany, que era una dama fascinadora a la que sus amistades conocían con el nombre de "Coco".

—Bien. *Continuez*!

—Seis personas eran las que componían el grupo capitaneado por lord Cronshaw: él mismo; su tío, el honorable

Eustace Beltane; una linda viuda estadounidense, mistress Mallaby; Cristobal Davidson, joven actor; su mujer y, finalmente, miss Coco Courtenay. El baile era de disfraces, como ya sabe, y el grupo Cronshaw representaba los viejos personajes de la antigua comedia italiana.

—Eso es. *La commedia dell'arte*—murmuró Poirot—. Ya sé.

—Estos vestidos se copiaron de los de un juego de figuras chinas que forman parte de la colección de Eustace Beltane. Lord Cronshaw personificaba a Arlequín; Beltane a Pulchinella; los Davidson eran respectivamente Pierrot y Pierrette; miss Courtenay era, como es de suponer, Colombina. A primera hora de la noche sucedió algo que lo echó todo a perder. Lord Cronshaw se puso de un humor sombrío, extraño, y cuando el grupo se reunió más adelante para cenar en un pequeño reservado, todos repararon en que él y miss Courtenay habían reñido y no se hablaban. Ella había llorado, era evidente, y estaba al borde de un ataque de nervios. De modo que la cena fue de lo más enojosa y cuando todos se levantaron de la mesa, Coco se volvió a Cristobal Davidson y le rogó que la acompañara a casa porque ya estaba harta de baile. El joven actor titubeó, miró a lord Cronshaw y finalmente se la llevó al reservado otra vez.

»Pero fueron vanos todos sus esfuerzos para asegurar una reconciliación, por lo que tomó un taxi y acompañó a la ahora llorosa miss Courtenay a su domicilio. La muchacha estaba trastornadísima; sin embargo, no se confió a su acompañante. Únicamente dijo repetidas veces: "Cronshaw se acordará de mí". Esta frase es la única prueba que poseemos de que pudiera no haber sido una muerte accidental. Sin embargo, es bien poca cosa, como ve, para que nos basemos en ella. Cuando Davidson consiguió que se tranquilizase en poco era tarde para volver al Colossus Hall y marchó directamente a su casa, donde, poco después, llegó su mujer y le hizo saber la espantosa tragedia acaecida después de su marcha.

»Parece ser que a medida que adelantaba la fiesta iba poniéndose lord Cronshaw cada vez más sombrío. Se mantuvo separado del grupo y apenas se le vio en toda la noche. A la una y treinta, antes del gran cotillón en que todo el mundo debía quitarse la careta, el capitán Digby, compañero de armas del lord, que conocía su disfraz, le vio de pie en un palco contemplando la platea.

»—¡Hola, Cronsh! —le gritó—. Baja de ahí y sé más sociable. Pareces un mochuelo en la rama. Ven conmigo y nos divertiremos.

»—Está bien. Espérame, de lo contrario nos separará la gente.

»Lord Cronshaw le volvió la espalda y salió del palco. El capitán Digby, a quien acompañaba miss Davidson, aguardó. Pero el tiempo pasaba y lord Cronshaw no aparecía. Finalmente, Digby se impacientó.

»—¿Se creerá ese chiflado que vamos a estarle aguardando toda la noche?

»En este instante se incorporó a ellos mistress Mallaby.

»—Vamos a buscarle.

»—Está hecho un hurón —comentó la preciosa viuda.

»La búsqueda comenzó sin gran éxito hasta que a mistress Mallaby se le ocurrió que podía hallarse en el reservado donde habían cenado una hora antes. Se dirigieron allá ¡y qué espectáculo se ofreció a sus ojos! Arlequín estaba en el reservado, cierto es, pero tendido en tierra y con un cuchillo de mesa clavado en medio del corazón.

Japp guardó silencio. Poirot, intrigado, dijo con aire suficiente.

—*Une belle affaire*! ¿Y se tiene algún indicio de la identidad del autor de la hazaña? No, es imposible, desde luego.

—Bien —continuó el inspector—, ya conoce el resto. La tragedia fue doble. Al día siguiente, los periódicos la anunciaron con grandes titulares. Se decía brevemente en ellos que se había descubierto muerta en su cama a miss Courtenay, la popular actriz, y que su muerte se debía, según dictamen facultativo, a una sobredosis de cocaína. ¿Fue un accidente o un suicidio? Al tomar declaración a la doncella, manifestó que, en efecto, miss Courtenay era muy aficionada a aquella droga, de manera que su muerte pudo ser casual, pero nosotros tenemos que admitir también la posibilidad de un suicidio. El problema es que la desaparición de la actriz nos deja sin saber el motivo de la querella que sostuvieron los dos novios la noche del baile. A propósito: en los bolsillos de lord Cronshaw se ha encontrado una cajita de esmalte que ostenta la palabra "Coco" en letras de diamantes. Está casi llena de cocaína. Ha sido identificada por la doncella de miss Courtenay como perteneciente a su señora. Dice que la llevaba siempre consigo, porque encerraba la dosis de cocaína a que rápidamente se estaba habituando.

—¿Era lord Cronshaw aficionado también a los estupefacientes?

—No, por cierto. Tenía sobre este punto ideas muy sólidas.

Poirot se quedó pensativo.

—Pero puesto que tenía en su poder la cajita debía saber que miss Courtenay los tomaba. Qué sugestivo es esto, ¿verdad, mi buen Japp?

—Sí, claro —dijo titubeando el inspector.

Yo sonreí.

—Bien, ya conoce los pormenores del caso.

—¿Y han conseguido hacerse o no con alguna prueba?

—Tengo una, una sola. Hela aquí. —Japp se sacó del bolsillo un pequeño objeto que entregó a Poirot. Era un pequeño pompón de seda, color esmeralda, del que pendían varias hebras, como si lo hubieran arrancado con violencia de su sitio.

—Lo encontramos en la mano cerrada del muerto —explicó.

Poirot se lo devolvió sin comentarios. A continuación preguntó:

—¿Tenía lord Cronshaw algún enemigo?

—Ninguno conocido. Era un joven muy popular y apreciado.

—¿Quién se beneficia de la muerte?

—Su tío, el honorable Eustace Beltane, que hereda su título y propiedades. Tiene en contra uno o dos hechos sospechosos. Varias personas han declarado que oyeron un altercado violento en el reservado y que Eustace Beltane era uno de los que disputaban. El cuchillo con que se cometió el crimen se cogió de la mesa y el hecho encaja con la posibilidad de que se llevase a cabo por efecto del calor de la disputa.

—¿Qué responde a esto mister Beltane?

—Declara que uno de los camareros estaba borracho y que él le propinó una reprimenda, y que esto sucedía a la una y no a la una y media de la madrugada. La declaración del capitán Digby determina la hora exacta ya que sólo transcurrieron diez minutos entre el momento en que habló con Cronshaw y el momento en que descubrió su cadáver.

—Supongo que Beltane, que vestía un traje de Polichinela, debía llevar joroba y un cuello de volantes...

—Ignoro los detalles exactos de los disfraces —repuso Japp, dirigiendo una mirada de curiosidad—. De todos modos no veo que tengan nada que ver con el crimen.

—¿No? —Poirot sonrió con ironía. No se había movido del asiento, pero sus ojos despedían una luz verde, que yo comenzaba a conocer bien—; ¿verdad que había una cortina en el reservado?

—Sí, pero...

—¿Queda detrás espacio suficiente para ocultar a un hombre?

—Sí, en efecto, puede servir de escondite, pero ¿cómo lo sabe, monsieur Poirot, si no ha estado allí?

—No he estado, en efecto, mi buen Japp, pero mi imaginación ha proporcionado a la escena esa cortina. Sin ella el drama no tenía fundamento. Y hay que ser razonable. Pero, dígame: ¿enviaron los amigos de Cronshaw a buscar un médico o no?

—En seguida, claro está. Sin embargo, no había nada que hacer. La muerte debió ser instantánea.

Poirot hizo un movimiento de impaciencia.

—Sí, sí, comprendo. Y ese médico, ¿ha prestado ya declaración en la investigación iniciada?

—Sí.

—¿Dijo algo acerca de algún síntoma poco corriente? ¿Era rígido el aspecto del cadáver?

Japp fijó una mirada penetrante en el hombrecillo.

—Sí, monsieur Poirot. Ignoro adónde quiere ir a parar, pero el doctor explicó que había una tensión, una rigidez en los miembros del cadáver que no acertaba a explicarse.

—¡Ajá! ¡Ajá! *Mon Dieu*! —exclamó Poirot—. Esto da que pensar, ¿no le parece?

Yo vi que a Japp no le preocupaba lo más mínimo.

—¿Piensa tal vez en el veneno, monsieur? ¿Para qué ha de envenenarse primero a un hombre al que se asesta después una puñalada?

—Realmente sería ridículo —manifestó Poirot plácidamente.

—Bueno, ¿desea ver algo, monsieur? ¿Le gustaría examinar la habitación donde se halló el cadáver de lord Cronshaw?

Poirot agitó la mano.

—No, nada de eso. Usted me ha referido ya lo único que puede interesarme: el punto de vista de lord Cronshaw respecto de los estupefacientes.

—¿De manera que no desea ver nada?

—Una sola cosa.

—Usted dirá...

—El juego de las figuras de porcelana china que sirvieron para sacar copia de los disfraces.

Japp le miró sorprendido.

—¡La verdad es que tiene usted gracia! —exclamó después.

—¿Puede hacerme ese favor?

—Desde luego. Acompáñeme ahora mismo a Bergeley Square, si gusta. No creo que mister Beltane ponga reparos.

Partimos en el acto en un taxi. El nuevo lord Cronshaw no estaba en casa, pero a petición de Japp nos introdujeron en la "habitación china", donde se guardaban las gemas de la colección. Japp miró unos instantes a su alrededor, titubeando.

—No veo cómo va usted a encontrar lo que busca, monsieur —dijo.

Pero Poirot había tirado ya de una silla, colocada junto a la chimenea, y se subía a ella de un salto, más propio de un pájaro que de una persona. En un pequeño estante, colocadas encima del espejo, había seis figuras de porcelana china. Poirot las examinó atentamente, haciendo poquísimos comentarios mientras verificaba la operación.

—*Les voilà*! La antigua comedia italiana. ¡Tres parejas! Arlequín y Colombina; Pierrot y Pierrette, exquisitos con sus trajes verde y blanco. Polichinela y su compañera vestidos de malva y amarillo. El traje de Polichinela es complicado. Lleva frunces, volantes, joroba, sombrero alto... Sí, de veras es muy complicado.

Volvió a colocar en su sitio las figuritas y se bajó de un salto.

Japp no quedó satisfecho, pero al parecer Poirot no tenía intención de explicarnos nada y el detective tuvo que conformarse. Cuando nos disponíamos a salir de la sala entró en ella el dueño de la casa y Japp hizo las debidas presentaciones.

El sexto vizconde Cronshaw era hombre de unos cincuenta años, de maneras suaves, con un rostro bello pero disoluto. Era un *roué* que adoptaba la lánguida actitud de un *poseur*. A mí me inspiró antipatía. Sin embargo, nos acogió de una manera amable y dijo que había oído alabar la habilidad de Poirot. Al propio tiempo se puso a nuestra disposición por entero.

—Sé que la policía hace todo lo que puede —declaró—, pero temo que no llegue nunca a solucionarse el misterio que encierra la muerte de mi sobrino. Lo rodean también circunstancias muy misteriosas.

Poirot le miraba con atención.

—¿Sabe si tenía enemigos?

—Ninguno. Estoy bien seguro. —Tras una pausa, Beltane interrogó—: ¿Desea hacerme alguna otra pregunta?

—Una sola. —Poirot se había puesto serio—. ¿Se reprodujeron exactamente los disfraces de estos figurines?

—Hasta el menor detalle.

—Gracias, milord. No necesito saber más. Muy buenos días.

—¿Y ahora qué? —preguntó Japp en cuanto salimos a la calle—. Porque debo notificar algo al Yard, como ya sabe usted.

—¡Bien! No le detengo. También yo tengo un poco de quehacer y después...

—¿Después?

—Quedará el caso cerrado.

—¡Qué! ¿Se da cuenta de lo que dice? ¿Sabe ya quién mató a lord Cronshaw?

—*Parfaitement*.

—¿Quién fue? ¿Eustace Beltane?

—¡Ah, *mon ami*! Ya conoce mis debilidades. Deseo siempre tener todos los cabos sueltos en la mano hasta el último momento. Pero no tema. Lo revelaré todo a su debido tiempo. No deseo honores. El caso será suyo a condición de que me permita llegar al *denouement* a mi modo.

—Si es que el *denouement* llega —observó Japp—. Entre tanto, ya se sabe, usted piensa mostrarse tan hermético como una ostra, ¿no es eso? —Poirot sonrió—. Bien, hasta la vista. Me voy al Yard.

Bajó la calle a paso largo y Poirot llamó a un taxi.

—¿Adónde vamos ahora? —le pregunté, presa de viva curiosidad.

—A Chelsea para ver a los Davidson.

—¿Qué opina del nuevo lord Cronshaw? —pregunté mientras le daba las señas al taxista.

—¿Qué dice mi buen amigo Hastings?

—Que me inspira instintiva desconfianza.

—Cree que es el "hombre malo" de los libros de cuentos, ¿verdad?

—¿Y usted no?

—Yo creo que ha estado muy amable con nosotros —repuso Poirot sin comprometerse.

—¡Porque tiene sus razones!

Poirot me miró, meneó la cabeza con tristeza y murmuró algo que sonaba como si dijera: "¡Qué falta de método!".

Los Davidson habitaban en el tercer piso de una manzana de casas individuales. Se nos dijo que mister Davidson había salido, pero que mistress Davidson estaba en casa, y se nos introdujo en una habitación larga, de techo bajo, ornada de cortinajes, de alegres colores, estilo oriental. El aire, opresivo, estaba saturado del olor fuerte de los nardos. Mistress Davidson no nos hizo esperar. Era una mujercita menuda, rubia, cuya fragilidad hubiera parecido poética, de no ser por el brillo penetrante, calculador, de los ojos azules.

Poirot le explicó su relación con el caso y ella movió tristemente la cabeza.

—¡Pobre Cronsh... y pobre Coco también! —exclamó al propio tiempo—. Nosotros, mi marido y yo, la queríamos mucho y su muerte nos parece lamentable y espantosa. ¿Qué es lo que desea saber? ¿Debo volver a recordar aquella triste noche?

—Crea, madame, que no abusaré de sus sentimientos. Sobre todo porque ya el inspector Japp me ha contado lo más imprescindible. Deseo ver, solamente, el disfraz que llevó usted al baile.

Mistress Davidson pareció sorprenderse de la singular petición y Poirot continuó diciendo con acento tranquilizador:

—Comprenda, madame, que trabajo de acuerdo con el sistema de mi país. Nosotros tratamos siempre de "reconstruir" el crimen. Y como es probable que desee hacer una representation, esos vestidos tienen su importancia.

Pero mistress Davidson parecía dudar todavía de la palabra de Poirot.

—Ya he oído decir eso, naturalmente —dijo—, pero ignoraba que usted fuera tan amante del detalle. Voy a buscar el vestido en seguida.

Salió de la habitación para regresar casi en el acto con un exquisito vestido de raso verde y blanco. Poirot lo tomó de sus manos, lo examinó y se lo devolvió con un atento saludo.

—*Merci*, madame! Ya veo que ha tenido la desgracia de perder un pompón, aquí en el hombro.

—Sí, me lo arrancaron bailando. Lo recogí y se lo di al pobre lord Cronshaw para que me lo guardase.

—¿Sucedió eso después de la cena?

—Sí.

—Entonces, ¿muy poco antes de desarrollarse la tragedia, quizá?

Los pálidos ojos de mistress Davidson expresaron leve alarma y replicó vivamente:

—Oh, no, mucho antes. Inmediatamente después de cenar.

—Entiendo. Bien, esto es todo. No queremos molestarla más. *Bonjour*, madame.

—Bueno —dije cuando salíamos del edificio—. Ya está explicado el misterio del pompón verde.

—¡Hum!

—¡Oiga! ¿Qué quiere decir con eso?

—Se ha fijado, Hastings, en que he examinado el traje, ¿verdad?

—Sí.

—Eh *bien*, el pompón que faltaba no fue arrancado, como dijo esa señora, sino... cortado con unas tijeras porque todas las hebras son iguales.

—¡Caramba! La cosa se complica...

—Por el contrario —repuso con aire plácido Poirot—, se simplifica cada vez más.

—¡Poirot! ¡Se me acaba la paciencia! —exclamé—. Su costumbre de encontrar todo tan sencillo es un agravio.

—Pero cuando me explico, diga *mon ami*, ¿no es cierto que resulta muy simple?

—Sí, y eso es lo que más me irrita: que entonces se me figura que también yo hubiera podido adivinar fácilmente.

—Y lo adivinaría, Hastings, si se tomase el trabajo de poner en orden sus ideas. Sin un método...

—Sí, sí —me apresuré a decir, interrumpiéndole, porque conocía demasiado bien la elocuencia que desplegaba cuando trataba su tema favorito—. Dígame: ¿qué piensa hacer ahora? ¿Está dispuesto, de veras, a reconstruir el crimen?

—Nada de eso. El drama ha concluido. Únicamente me propongo añadirle... ¡una arlequinada!

Poirot señaló el martes siguiente como día a propósito para la misteriosa representación y he de confesar que sus preparativos me intrigaron de modo extraordinario. En un lado de la habitación se colocó una pantalla; al otro un pesado cortinaje. Luego llegó un obrero con un aparato para la luz y finalmente un grupo de actores que desaparecieron en el dormitorio de Poirot, destinado provisionalmente a cuarto tocador. Japp se presentó poco después de las ocho. Venía de visible malhumor.

—La representación es tan melodramática como sus ideas —manifestó—. Pero, en fin, no tiene nada de malo y, como el mismo Poirot dice, nos ahorrará infinitas molestias y cavilaciones. Yo mismo sigo el rastro, he prometido dejarle hacer las cosas a su manera. ¡Ah! Ya están aquí esos señores.

Llegó primero Su Señoría acompañando a mistress Mallaby, a la que yo no conocía aún. Era una linda morena y parecía estar nerviosa. Les siguieron los Davidson. También vi a Chris Davidson por vez primera. Era un guapo mozo, esbelto y moreno, que poseía los modales graciosos y desenvueltos del verdadero actor.

Poirot dispuso que tomasen todos asiento delante de la pantalla, que estaba iluminada por una luz brillante. Luego apagó las luces y la habitación quedó, a excepción de la pantalla, totalmente sumida en tinieblas.

—Señoras, caballeros, permítanme unas palabras de explicación. Por la pantalla van a pasar por turno seis figuras que son familiares a ustedes: Pierrot y su Pierrette, Pulchinela el bufón, y la elegante Polichinela; la bella Colombina, coqueta y seductora, y Arlequín, el invisible para los hombres.

Y tras estas palabras de introducción comenzó la comedia. Cada una de las figuras mencionadas por Poirot surgieron en la pantalla, permanecieron en ella un momento en pose y desaparecieron. Cuando se encendieron las luces sonó un suspiro general de alivio. Todos los presentes estaban nerviosos, temerosos, sabe Dios de qué. Si el criminal estaba en medio de nosotros y Poirot esperaba que confesase a la sola presencia de una figura familiar, la estratagema había ya fracasado evidentemente, puesto que no se produjo. Sin embargo, no se descompuso, sino que avanzó un paso, con el rostro animado.

—Ahora, señoras y señores —dijo—, díganme, uno por uno, qué es lo que acaban de ver. ¿Quiere empezar, milord?

Este caballero quedó perplejo.

—Perdón, no le comprendo —dijo.

—Dígame nada más qué es lo que ha visto.

—Ah, pues... he visto pasar por la pantalla a seis personas vestidas como los personajes de la vieja Comedia italiana, o sea, como la otra noche.

—No pensemos en la otra noche, milord —le advirtió Poirot—. Sólo quiero saber lo que ha visto. Madame, ¿está de acuerdo con lord Cronshaw?

Se dirigía a mistress Mallaby.

—Sí, naturalmente.

—¿Cree haber visto seis figuras que representan a los personajes de la Comedia italiana?

—Sí, señor.

—¿Y usted, monsieur Davidson?

—Sí.

—¿Y madame?

—Sí.

—¿Hastings? ¿Japp? ¿Sí? ¿Están ustedes de completo acuerdo?

Poirot nos miró uno a uno; tenía el rostro pálido y los ojos verdes tan claros como los de un gato.

—¡Pues debo decir que se equivocan todos ustedes! —exclamó—. Sus ojos mienten... como mintieron la otra noche en el baile de la Victoria. Ver las cosas con los propios ojos, como vulgarmente se dice, no es ver la verdad. Hay que ver con los ojos del entendimiento; hay que servirse de las pequeñas células grises. ¡Sepan, pues, que lo mismo esta noche que la noche del baile vieron sólo cinco figuras, no seis! ¡Miren ustedes!

Volvieron a apagarse las luces. Y una figura se dibujó en la pantalla: ¡Pierrot!

—¿Quién es? ¿Pierrot, no es eso? —preguntó Poirot con acento severo.

—Sí —gritamos todos a la vez.

—¡Miren otra vez!

Con rápido movimiento el actor se despojó del vestido suelto de Pierrot y en su lugar apareció, resplandeciente ¡Arlequín!

—¡Maldito sea! ¡Maldito sea! —exclamó la voz de Davidson—. ¿Cómo lo ha adivinado?

A continuación sonó el ¡clic! de las esposas y la voz serena, oficial, de Japp, que decía:

—Le detengo, Cristobal Davidson, por el asesinato del vizconde Cronshaw. Todo lo que pueda decir se utilizará en su contra.

Un cuarto de hora después cenábamos. Poirot, con el rostro resplandeciente, se multiplicaba hospitalario, y respondía de buena gana a nuestras continuas preguntas.

—Todo ha sido muy simple. Las circunstancias en que se halló el pompón verde sugerían, al punto, que había sido arrancado del disfraz del asesino. Yo alejé a Pierrette del pensamiento, ya que se necesita una fuerza considerable para clavar un cuchillo de mesa en el pecho de un hombre, y me fijé en Pierrot. Pero éste había salido del baile dos horas antes de verificarse el crimen. De manera que si no regresó al baile para matar a lord Cronshaw pudo matarle antes de marchar. ¿Era esto posible? ¿Quién había visto a lord Cronshaw después de la hora de la cena? Sólo mistress Davidson, cuyo testimonio, lo sospecho, fue falso; una mentira deliberada para explicar la desaparición del pompón, que, naturalmente, quitó de su disfraz para reemplazar el que su marido perdió. A Arlequín se le vio a la una y media en un palco. También ésta fue una representación. Yo pensé primero en mister Davidson como presunto culpable. Pero era imposible, dado lo complicado de su traje, que hubiera doblado los papeles de Arlequín y de Polichinela. Por otra parte, siendo mister Davidson un joven de la misma edad y estatura que la víctima, así como un actor profesional, la cosa no podía ser más simple.

»No obstante me preocupaba el médico. Porque ningún médico profesional puede dejar de darse cuenta de que existe una diferencia entre una persona que sólo hace diez minutos que ha muerto y la que lleva difunta dos horas. Eh *bien*! ¡El doctor se había dado cuenta! Sólo que como al colocarle delante el cadáver no se le preguntó "¿cuánto hace que ha muerto?", sino que, por el contrario, se le comunicó que es taba con vida diez minutos antes, guardó silencio. Pero en la investigación habló de la rigidez anormal de los miembros del cadáver, ¡que no se explicaba!

»Todo concordaba, pues, con mi teoría. Hela aquí: Davidson mató a Cronshaw inmediatamente después de la cena, o sea, después de volver con él, como recordarán ustedes, al comedor. A continuación acompañó a miss Courtenay a casa, dejándola a la puerta del piso en vez de entrar para tratar de calmarla como declaró, y volvió a escape al Colossus, pero no ya vestido de Pierrot, sino de Arlequín, simple transformación que efectuó en menos de lo que se tarda en contarlo. El actual lord Cronshaw miró perplejo al detective.

—Si fue así —dijo—, Davidson debió ir al baile dispuesto a matar a mi sobrino. ¿Por qué? Nos falta descubrir el motivo y yo no acierto a adivinarlo.

—¡Ah! Aquí tenemos la segunda tragedia, la de miss Courtenay. Existe un punto sencillo de referencia que hemos pasado por alto. Miss Courtenay murió después de tomar una sobredosis de cocaína..., pero la habitual estaba en la cajita que se encontró sobre el cuerpo de lord Cronshaw. ¿De dónde sacó entonces la droga que la mató? Únicamente una persona pudo proporcionársela: Davidson. Y el hecho lo explica todo. Su amistad con los Davidson, su petición a Cristobal de que la acompañase a casa. Lord Cronshaw era enemigo acérrimo, casi fanático, de los estupefacientes. Por ello al descubrir que su novia tomaba cocaína sospechó que era Davidson quien se la proporcionaba. El actor lo negó, pero lord Cronshaw sonsacó a miss Courtenay en el baile y le arrancó la verdad. Podía perdonar a la desventurada muchacha, pero no duden ustedes que no hubiera tenido piedad del hombre que tenía como medio de vida el tráfico de los estupefacientes. Si llegaba a descubrirse esto era inminente su ruina y por ello acudió al Colossus dispuesto a procurarse, a cualquier precio, el silencio de lord Cronshaw.

—Entonces, ¿fue casual la muerte de Coco?

—Sospecho que fue un accidente que provocó hábilmente el mismo Davidson. Ella estaba furiosa con el lord, ante todo por sus reproches, después de haberle quitado la cajita de cocaína. Davidson le proporcionó más y probablemente le sugeriría que tomase una dosis mayor como desafío "al viejo Cronsh".

—¿Cómo descubrió usted que había en el comedor una cortina? —pregunté yo.

—¡Vaya, *mon ami*! Si no puede ser más fácil... Recuerde que los camareros entraron y salieron de él sin ver nada sospechoso. De esto se deducía que el cadáver no estaba entonces tendido en el suelo. Tenía forzosamente que estar oculto en cualquier parte y por ello se me ocurrió que debía ser detrás de una cortina. Davidson arrastró el cadáver hasta allí y más adelante, después de llamar la atención en el palco, lo sacó y abandonó definitivamente el baile. Este paso fue uno de los más hábiles que dio. ¡Es muy listo!

Pero en los ojos verdes de Poirot leí lo que no osaba expresar:

—¡No tan listo, sin embargo, como Hércules Poirot!

EL MISTERIO DE MARKET BASSING

—Pensándolo bien no hay nada como el campo, ¿no les parece? —dijo el inspector Japp aspirando con fuerza el aire por la nariz y expeliéndolo por la boca de manera correcta.

Poirot y yo asentimos cordialmente. Fue idea del inspector Japp la de que pasáramos los tres el fin de semana en la pequeña población de Market Bassing, enclavada en pleno campo. Porque cuando no estaba de servicio, Japp se mostraba un botánico entusiasta y discurseaba acerca de diminutas florecillas que tenían largos nombres en latín, que el buen Japp pronunciaba de un modo muy enrevesado, ciertamente, con un ardor que no ponía en ninguno de sus casos policíacos.

—Aquí nadie nos conoce ni conocemos a nadie.

Esto era verdad, hasta cierto punto, porque el agente local acababa de ser trasladado de un pueblo, distante veintitrés kilómetros de Market, donde un caso de envenenamiento con arsénico le había puesto en relación con el inspector de Scotland Yard. Sin embargo, como reconoció con evidente placer el gran hombre, la circunstancia acrecentó el buen humor de Japp y cuando nos sentamos los tres a desayunarnos en la salita de la fonda, nos sentimos animados por el mejor de los espíritus. El jamón y los huevos eran excelentes; el café no era tan bueno, pero podía pasar y estaba hirviendo.

—Esto es vida, señor —exclamó Japp—. Cuando me retire, adquiriré una finca en el campo. Deseo perder el crimen de vista, ¡eso es!

—*Le crime, il est partout* —observó Poirot sirviéndose una buena rebanada de pan y mirando con el ceño fruncido a un gorrión impertinente que acababa de posarse en el alféizar de la ventana.

El conejo tiene una cara agradable
su vida privada es una desgracia.
En verdad que no sabría decir a ustedes
las cosas terribles que hacen los conejos.

—Pues, señor —dijo desperezándose Japp—. Creo que todavía me queda sitio para otro huevo y para una o dos lonchas de jamón. ¿Y a usted, capitán?

—Sí.

—¿Y a usted, Poirot?

Éste movió la cabeza.

—No hay que llenar el estómago —repuso— porque el cerebro se negará a funcionar.

—Pues yo pienso arriesgarme —repuso Japp riendo—. Lo tengo muy grande. A propósito, está engordando, monsieur Poirot. ¡Eh, miss, otra ración de jamón con huevos!

En este momento un cuerpo macizo bloqueó la puerta de entrada. Era el agente Pollard.

—Perdón si interrumpo, inspector —dijo—, pero deseo que me aconseje usted.

—Estoy de vacaciones —dijo Japp apresuradamente—. No me dé trabajo. ¿De qué se trata?

—De un caballero que habita en Leigh Hall. Se ha disparado un tiro en la cabeza.

—Supongo que habrá sido por deudas... o por una mujer. Es lo usual. Lamento no poder ayudarle, Pollard.

—El caso es que no ha podido realizar el hecho por sí solo. Así lo cree el doctor Giles.

Japp dejó la taza sobre el platillo.

—¿Que no ha podido suicidarse solo? ¿Qué quiere decir?

—Es lo que afirma el doctor —repuso Pollard—. Dice que es totalmente imposible. Esa muerte le deja perplejo, porque lo mismo la puerta que la ventana de la habitación están cerradas por dentro con llave y cerrojo, pero se aferra a su opinión de que el caballero no se ha suicidado.

Esto zanjó la cuestión. Huevos y jamón se dejaron a un lado y pocos minutos después avanzamos todos a buen paso en dirección a Leigh Hall, mientras Japp dirigía ansiosas preguntas al agente.

El nombre del difunto era Walter Protheroe; era un hombre de edad madura y tenía algo de retraído. Llegó a Market Bassing ocho años atrás y alquiló la casa, vieja mansión, casi derruida, estropeada, vivía en un ala, atendido por el ama de llaves que había traído consigo.

Esta última se llamaba miss Clegg y era una mujer superior, a la que todo el pueblo consideraba. Mister Protheroe tenía huéspedes llegados al pueblo hacía muy poco: mister y mistress Parker, de Londres. Esa mañana miss Clegg había llamado en vano a la puerta de la habitación de su amo y al reparar en que estaba cerrada se alarmó y llamó a la policía y al médico. El agente Pollard y el doctor Giles llegaron a un tiempo. Los esfuerzos unidos lograron echar abajo la puerta de roble del dormitorio.

Mister Protheroe apareció tendido en el suelo. Presentaba un tiro en la cabeza y tenía asida la pistola con la mano derecha. Era evidente que se trataba en realidad de un suicidio.

Sin embargo, al examinar el cadáver, el doctor Giles quedó visiblemente perplejo y finalmente se llevó al agente aparte y le comunicó el motivo de su perplejidad; Pollard pensó al punto en Japp y dejando al doctor en la casa corrió a la fonda para avisarnos de lo ocurrido.

Cuando concluía su relato llegamos a Leigh House, edificio inmenso, desolado, rodeado de un jardín descuidado y lleno de cizaña. Como la puerta estaba abierta pasamos al vestíbulo y de éste a una salita de recibo de la que salía ruido de voces. En la salita encontramos reunidas a cuatro personas: un hombre vestido ostentosamente, con un rostro movedizo y desagradable, que me inspiró súbita antipatía; una mujer de tipo parecido, aunque hermosa de una manera burda; otra mujer, vestida de negro y algo separada del resto, a la que tomé por el ama de llaves; y un caballero alto, vestido con traje de sport, de semblante despejado y franco, que parecía dominar la situación.

—El doctor Giles —dijo el agente—. El inspector Japp, de Scotland Yard, y dos amigos.

El doctor nos saludó y después hizo la presentación de mister y mistress Parker. Luego subimos tras él la escalera. En obediencia a una seña de Japp, Pollard se quedó en la salita como para guardar la casa. El doctor, que nos precedía, nos hizo recorrer un pasillo. Al final vimos abierta una puerta; de sus goznes colgaban aún varias astillas y el resto estaba por el suelo.

Entramos en aquella habitación. El cadáver seguía tendido en tierra. Mister Protheroe era hombre de edad mediana, de cabello gris en las sienes. Usaba barba. Japp se arrodilló junto a él.

—¿Por qué no lo dejaron tal y como estaba? —gruñó.

El doctor se encogió de hombros.

—Porque creímos que se trataba de un caso sencillo de suicidio.

—¡Hum! —exclamó Japp—. La bala ha entrado en la cabeza por detrás de la oreja izquierda.

—Precisamente —repuso el doctor—. Es imposible que se disparase él solo el tiro. Para ello hubiera tenido, primero ante todo, que rodearse la cabeza con el brazo.

—Sin embargo, encontraron la pistola en su mano. A propósito: ¿dónde está?

El doctor le indicó con un gesto la mesa vecina.

—Tampoco la asía —manifestó—. La tenía en la palma, pero no la empuñaba.

—Debieron ponerla en ella después —dijo Japp, que examinaba el arma—. Sólo hay un cartucho vacío. Sacaremos las huellas dactilares, pero no espero encontrar más que las suyas, doctor. ¿Hace mucho que ha fallecido mister Protheroe?

—No puedo precisar la hora con exactitud como esos médicos maravillosos de las novelas de detectives, inspector, pero debe hacer unas doce horas.

Poirot no se había movido. Se mantenía pegado a mí, viendo lo que hacía Japp y escuchando sus preguntas. De vez en cuando, sin embargo, olfateaba el aire delicadamente, como si se sintiera perplejo. Yo le imité sin descubrir nada de interés. El aire puro no olía a nada. Con todo, Poirot lo olfateaba como si su nariz sensible percibiera algo que se escapaba a su inteligencia.

Al separarse Japp del cadáver, Poirot se arrodilló junto a él. La herida no pareció despertar su interés. Primero supuse que examinaba los dedos de la mano con que el difunto había empuñado la pistola, mas en seguida vi que era un pañuelo, metido en la manga de la chaqueta gris oscuro que le llamaba la atención. Finalmente se puso de pie sin separar los ojos de aquella prenda.

Japp le llamó para que le ayudase a levantar la puerta. Yo aproveché la ocasión para arrodillarme y sacar el pañuelo, que examiné minuciosamente. Era de algodón blanco, de los más corrientes, pero no ostentaba manchas de sangre ni de ninguna especie por lo que, decepcionado, volví a dejarlo donde estaba. Los demás levantaron la puerta y buscaron en vano la llave.

—Esto zanja la cuestión —dijo Japp—. La ventana está cerrada y atrancada. El asesino debió salir por la puerta que cerró con llave y se llevó ésta para que creyéramos que mister Protheroe se había suicidado. Seguramente no creyó que la echaríamos en falta. ¿Está de acuerdo, monsieur Poirot?

—Sí, estoy de acuerdo; pero hubiera sido más sencillo y mejor deslizar la llave por debajo de la puerta. De este modo hubiera parecido que se había caído de la cerradura.

—Ah, bien, no hay que confiar en que a todo el mundo se le ocurren ideas tan geniales como ésta. Si se hubiera dedicado a criminal, hubiera sido el terror de la sociedad. ¿Desea hacer alguna observación, monsieur Poirot?

Poirot parecía echar algo de menos, o si no era así me lo pareció. Después de echar una ojeada a su alrededor dijo en voz baja:

—Parece ser que este caballero fumaba mucho, señores. Era cierto. Lo mismo el hogar que un cenicero colocado sobre la mesa estaban bastante repletos de colillas.

—Por lo menos debió fumar veinte cigarrillos anoche —dijo Japp. Así diciendo se inclinó para examinar los del cenicero—. Son todos de la misma clase. Los ha fumado la misma persona. El hecho no tiene nada de particular, monsieur Poirot.

—No he sugerido que lo tuviera —murmuró mi amigo.

—Ah, ¿qué es esto?

—Japp cogió un pequeño objeto reluciente que estaba junto al cadáver—. Es un gemelo roto. ¿A quién pertenecerá? Doctor Giles, haga el favor de ir en busca del ama de llaves.

—¿Y qué hacemos con los Parker? Porque mister Parker tiene trabajo en Londres...

—No sé. Tendremos que pasar sin él. Aunque en vista del cariz que toman las cosas, le necesitamos aquí también. Envíeme al ama de llaves y no permita que los Parker le den a usted y a Pollard el esquinazo. ¿Entraron aquí por la mañana?

El doctor reflexionó un breve momento antes de contestar categórico:

—No, se quedaron en el pasillo mientras entrábamos Pollard y yo.

—¿Está bien seguro?

—Segurísimo.

El doctor marchó a cumplir su misión.

—Es un buen hombre —dijo Japp con aire de aprobación—. Estos médicos deportistas suelen ser personas excelentes. Bien, ¿quién le habrá pegado el tiro a ese pobre señor? Además de él había tres personas más en esta casa. No sospecho del ama de llaves, porque en el espacio de ocho años ha podido matarle, no una sino cien veces. Pero ¿qué clase de pájaros serán esos Parker? Resultan una pareja poco simpática.

En este momento apareció miss Clegg. Era una mujer flaca, escurrida, de cabellos grises que llevaba partidos en dos. Tenía unos modales muy naturales y tranquilos. De su persona emanaba, al propio tiempo, un aire de eficiencia tal que inspiraba respeto. En respuesta a las preguntas del inspector, explicó que llevaba catorce años al servicio del difunto, que fue amo generoso y considerado. No conocía a mister ni a mistress Parker, a quienes había visto por primera vez tres días atrás. Era indudable, en su opinión, que nadie les había invitado, porque su visita pareció desagradar al señor. El gemelo roto que Japp le enseñó no pertenecía a mister Protheroe, estaba segurísima de ello. Al interrogarle acerca de la pistola repuso que sabía que el señor poseía, en efecto, un arma de fuego que guardaba bajo llave. Ella lo vio una vez, pero no se atrevió a afirmar que fuera la misma que le mostraban. No oyó el disparo la noche anterior. El hecho no tenía nada de extraordinario porque la casa era grande y destartalada y porque lo mismo su habitación que la reservada al matrimonio Parker se hallaba al otro lado de ella. Ignoraba a qué hora se retiró mister Protheroe a descansar. Cuando lo hizo ella, a las nueve y media, lo dejó levantado. No tenía por costumbre acostarse temprano. Por regla general leía o fumaba hasta una hora avanzada. Era un gran fumador.

Poirot interpuso aquí una pregunta:

—¿Dormía el señor con la ventana abierta o cerrada?

Miss Clegg reflexionó un instante.

—Con la ventana abierta, si no recuerdo mal—dijo luego.

—Ahora está cerrada. ¿Cómo se explica usted el hecho?

—No sé. Quizá sintió alguna corriente de aire y la cerró por eso.

Japp le dirigió todavía varias preguntas y a continuación la despidió. Luego habló por separado con los Parker. Mistress Parker lloraba; mister Parker optó por fanfarronear e insultarnos. Negó que fuera suyo el gemelo roto, pero su mujer lo había reconocido y naturalmente el hecho empeoró la situación; y como negó también haber entrado en la habitación de mister Protheroe, Japp estimó que había pruebas suficientes para proceder a su detención.

Dejando a Pollard en custodia de la propiedad, corrió al pueblo y pidió comunicación con el cuartel general de la policía. Poirot y yo volvimos a la fonda.

—Está muy callado —dije a mi amigo—. ¿No le interesa el caso?

—*Au contraire*. Me interesa extraordinariamente. Pero me deja perplejo también.

—El motivo del crimen es poco claro —dije pensativo—, pero estoy seguro de que estos Parker son malas personas. No obstante la falta de motivo, que aparecerá más adelante, sin duda, todo está en contra suya de manera manifiesta.

—Japp ha pasado por alto un detalle a pesar de ser muy significativo.

Yo le miré lleno de curiosidad.

—Poirot, ¿qué es lo que se trae entre manos? —interrogué.

—¿Qué tenía en la manga el difunto?

—¡Un pañuelo!

—Precisamente, un pañuelo.

—Los marinos se lo colocan en la manga —observé pensativo.

—Excelente observación, Hastings, a pesar de que no es la que esperaba.

—¿Tiene algo más que decir?

—Sí, no dejo de pensar en el intenso olor a humo de cigarrillo.

—Pero yo no olí nada —respondí maravillado.

—Ni yo tampoco, *cher ami*.

Le miré con gravedad. Nunca sé si habla en broma o en serio, pero esta vez me pareció que no bromeaba.

La vista se celebró dos días después. Entretanto, salió a la luz una prueba más. Un vagabundo admitió que había saltado la tapia del jardín de Leigh House, donde dormía con frecuencia en la casilla de las herramientas que quedaba siempre abierta. Este hombre declaró que a las doce de la noche oyó voces en una habitación del primer piso. Una pedía dinero, la otra se lo negaba de manera airada. Oculto tras de un arbusto vio a dos hombres pasar y repasar por delante de la iluminada ventana. Uno, lo conocía bien, era mister Protheroe; el otro le era desconocido, pero sus señas coincidían totalmente con las de mister Parker.

Estaba ahora claro que los Parker habían ido a Leigh House para hacer víctima de un chantaje a Protheroe y cuando más adelante se descubrió que su verdadero nombre era en realidad Wendover, ex teniente de la Armada y que estuvo relacionado en 1910 con la explosión del crucero Merrythought, el caso se aclaró rápidamente. Parker, que sabía el papel desempeñado por Wendover, le siguió los pasos y le pidió dinero a cambio de mantener la boca cerrada Pero el otro se negó a dárselo. En el curso de la disputa, Wendover sacó el revólver, Parker se lo arrancó de la mano e hizo fuego tratando luego de dar al crimen la apariencia de un suicidio.

Parker fue llevado a juicio y se reservó la defensa. Nosotros habíamos asistido a los procedimientos del tribunal. Al salir, Poirot meneó la cabeza.

—Así debe ser —murmuró—. Sí, así debe ser. No es posible demorarse.

Entró en Correos y escribió unas líneas que envió por mensajero especial. Yo no vi a quién iba dirigida la nota. Después volvimos a la fonda, donde nos hospedábamos desde aquel memorable fin de semana.

Poirot iba y venía sin cesar desde el fondo de la habitación a la ventana.

—Espero visita —me explicó—. ¿Me habré equivocado? No, no es posible. No, aquí está.

Y con no poca sorpresa por mi parte vi entrar a miss Clegg en la habitación. Me pareció menos serena que de costumbre y llegaba jadeando como si hubiera venido corriendo. Vi brillar el miedo en sus ojos cuando miró a Poirot.

—Siéntese, mademoiselle —le dijo amablemente mi amigo—. He adivinado, ¿verdad?

Ella pareció indecisa y prorrumpió en llanto por toda respuesta.

—¿Por qué hizo eso? ¿Por qué? —dijo Poirot con suavidad.

—Porque le amaba mucho —repuso ella—. Yo le cuidé desde la infancia. ¡Oh, tenga piedad de mí!

—Haré por usted cuanto sea posible. Pero no podía permitir, compréndalo, que ahorcasen a un inocente por bribón y desagradable que pudiera ser.

Miss Clegg se irguió y dijo en voz baja:

—Quizá yo tampoco lo hubiera permitido al final. Haga lo que juzgue conveniente.

Luego, poniéndose en pie, salió apresuradamente de la habitación.

—¿Le mató ella? —pregunté aturdido.

Poirot sonrió y movió la cabeza.

—Se suicidó él —replicó—. ¿Recuerda que llevaba el pañuelo en la manga derecha? Pues esto me reveló que era zurdo. Temiendo después de la borrascosa entrevista con mister Parker que se hiciera público su delito, se suicidó.

Por la mañana, al ir a llamarle como de costumbre, miss Clegg le halló muerto y como, según acaba de oír, le conocía desde niño, se llenó de cólera contra los forasteros que le habían empujado a tan vergonzosa muerte. Los consideraba como a sus asesinos y de pronto vio la posibilidad de hacerles sufrir por el hecho que habían inspirado. Únicamente ella sabía que Protheroe era zurdo. Pasó, pues, la pistola a su mano derecha, cerró y echó la falleba de la ventana, dejó caer al suelo el pedazo de gemelo que había encontrado en una de las habitaciones de la planta baja y salió, cerrando la puerta y llevándose la llave.

—Poirot —exclamé en una explosión de entusiasmo—. ¡Es usted soberbio! ¡Y todo esto sólo por medio de un simple pañuelo!

—Y por el humo del cigarrillo. Si la ventana hubiera estado cerrada y fumados todos aquellos cigarrillos la habitación habría estado impregnada del olor a tabaco. En vez de esto el aire era puro y así deduje en el acto que la ventana había estado abierta durante toda la noche y que únicamente se cerró por la mañana, lo que me brindó una serie de interesantes reflexiones. No acertaba a concebir, bajo ninguna clase de circunstancias, que el criminal deseara cerrar la ventana. Por el contrario, ganaba dejándola abierta para simular que el criminal se había escapado por ella, si la teoría del vagabundo seguía teniendo éxito. La declaración del vagabundo vino a confirmar mis sospechas, porque de estar la ventana cerrada no hubiera oído la discusión.

—¡Espléndido! —dijo cordialmente—. Y ahora, ¿quiere una taza de té?

—Ha hablado usted como buen inglés —repuso Poirot suspirando—. Yo preferiría un refresco, pero no creo probable que lo haya.

LA HERENCIA DE LOS LEMESURIER

He investigado muchos casos extraños en compañía de Hércules Poirot, pero no creo que ninguno de ellos pueda compararse a la serie extraordinaria de acontecimientos que mantuvo despierto nuestro interés por espacio de muchos años, hasta culminar en el último problema que le tocó resolver a mi amigo. Nuestra atención se concentró por vez primera en la historia de la familia de los Lemesurier una tarde, durante la guerra. Poirot y yo volvíamos a vernos y renovábamos los viejos días de nuestra amistad iniciada en Bélgica. Mi amigo había llevado a cabo una comisión para el Ministerio de la Guerra a su entera satisfacción y cenamos en el Carlton con Bras Hat, que le dedicó grandes cumplidos. Bras tuvo luego que salir a escape para acudir a su cita con un conocido y nosotros terminamos nuestro café tranquilamente, sin prisas, antes de imitar su ejemplo.

En el momento en que nos disponíamos a dejar el comedor, me llamó una voz familiar, me volví y vi al capitán Vincent Lemesurier, un joven a quien había conocido en Francia. Le acompañaba un caballero cuyo parecido revelaba pertenecer a la misma familia. Así resultó, en efecto, y Vincent nos lo presentó con el nombre de Hugh Lemesurier, su tío.

Yo no conocía íntimamente al capitán Lemesurier, pero era un muchacho muy agradable, algo soñador, y recordé haber oído decir que pertenecía a una antigua y aristocrática familia que databa de los tiempos de la Restauración y que poseía una propiedad en Northumberland. Como ni Poirot ni yo teníamos prisa, aceptamos la invitación del joven y volvimos a sentarnos a la mesa con los recién llegados, charlando satisfechos de diversos temas sin importancia. El Lemesurier de más edad era hombre de unos cuarenta años, de hombros caídos, y que recordaba mucho al hombre ilustrado; en aquel momento se ocupaba en una investigación química por cuenta del gobierno, según dedujimos de la conversación. Interrumpió nuestra charla un joven moreno, de buena estatura, que se acercó a la mesa presa de visible agitación.

—¡Gracias a Dios que los encuentro! —exclamó.

—¿Qué sucede, Roger?

—Se trata de su padre, Vicent. Ha sufrido una mala caída. El caballo era joven y difícil de dominar.

Dicho esto les llevó aparte y ya no oímos lo que decía.

A continuación los dos nuevos amigos se despidieron de nosotros precipitadamente. El padre de Vincent acababa de ser víctima de un grave accidente mientras domaba un caballo joven y le restaban unas horas de vida. El muchacho se puso mortalmente pálido, como si le afectara mucho la noticia. A mí me sorprendió su actitud, porque unas palabras que le oí proferir una vez en Francia me habían hecho creer que padre e hijo no estaban en muy buenas relaciones. Debo confesar, pues, que su emoción filial me dejó atónito.

El joven moreno a quien Vincent nos presentó como su primo Roger Lemesurier, se quedó con nosotros y los tres salimos juntos a la calle.

—Este caso, sumamente curioso —comentó Roger—, interesará quizá a monsieur Poirot, un as en materia de psicología, según he oído decir.

—La estudio, en efecto —repuso con prudencia mi amigo.

—¿Han reparado en la cara de mi primo? ¿Verdad que parecía trastornado? ¿Conocen el motivo? Pues por la maldición que pesa, de antiguo, sobre la familia. ¿Desean conocerla?

—Sí, cuéntela y le quedaremos muy reconocidos.

Roger Lemesurier consultó un momento la hora en el reloj de pulsera.

—Bueno, me sobra tiempo. Me reuniré con ellos en Kings Cross. Bien, monsieur Poirot: los Lemesurier somos una familia muy antigua. Allá en el medievo un Lemesurier sintió celos de su mujer a la que descubrió en situación comprometida. Ella juraba que era inocente, pero el barón Hugh se negó a escucharla. Hugh juraba que el hijo que su mujer le había dado no era suyo y que no percibiría ni un solo penique de su fortuna. No recuerdo bien lo que hizo, creo que emparedó vivos al hijo y a la madre. Lo cierto es que los mató y que ella murió haciendo protesta de su inocencia y maldiciendo solemnemente a él y a todos sus descendientes. Según esta maldición, ningún primogénito de los Lemesurier recogería jamás su herencia. Bien, andando el tiempo se demostró, sin que cupiera lugar a dudas, la inocencia de la baronesa. Tengo entendido que Hugh llevó siempre cilicio y que murió en la celda de un convento. Pero lo curioso del caso es que a partir de aquel día ningún primogénito de los Lemesurier ha heredado. Los bienes paternos han pasado siempre de sus manos a las de un hermano, de un sobrino, de un segundón, pero jamás al primogénito. El padre de Vincent es el segundón de los cinco hijos de su padre. El mayor murió en la infancia. Y Vincent se ha convencido durante la guerra de que es ahora él el predestinado. Pero, por imposible que parezca, sus dos hermanos menores han muerto en ella.

—Es una historia muy interesante —dijo Poirot pensativo—. Pero ahora que el padre se está muriendo, ¿será el primogénito el heredero de su fortuna?

—Precisamente. La maldición se ha desvirtuado. No puede subsistir en medio del bullicio de la vida moderna.

Poirot movió la cabeza como si reprobase el tono ligero del otro. Roger Lemesurier volvió a mirar el reloj y se apresuró a despedirse de nosotros.

Pero la historia no había concluido al parecer, ya que al día siguiente supimos la trágica muerte de Vincent. Había tomado el tren correo de Escocia y durante la noche se abrió la portezuela de su compartimiento y cayó a la vía. La emoción que le produjo el estado de su padre, sumada a la enfermedad nerviosa que padecía como resultado de su estancia en el frente, debió producirle un ataque de locura temporal. Y la curiosa superstición que prevalecía entre la familia superviviente volvió a salir a la luz al hablar del nuevo heredero, Ronald Lemesurier, cuyo único hijo había muerto en la batalla de Somme.

Supongo que nuestro encuentro accidental con Vincent Lemesurier el último día de su vida, despertó nuestro interés por todo lo que se relacionaba con su familia y por ello dos años después nos enteramos del fallecimiento de Ronald, inválido en la época de su herencia de las propiedades de los Lemesurier. Le sucedió su hermano John, hombre simpático, cordial, que tenía un hijo en la Universidad de Eton.

Los Lemesurier eran víctimas, en efecto, de un destino implacable, ya que durante las vacaciones el joven estudiante se disparó un tiro sin querer. La muerte de su padre, acaecida casi inmediatamente después de picarle una avispa, puso la propiedad en manos de Hugh, el más joven de los cinco hermanos, al que conocimos la noche fatal en el Carlton.

Aparte de comentar la extraordinaria serie de desgracias que caían sobre los Lemesurier, no habíamos sentido ningún interés personal por tales acontecimientos, pero se acercaba el momento en que debíamos tomar parte más activa en ellos.

Una mañana nos anunciaron a mistress Lemesurier. Era una mujer altiva, de buena estatura, de unos treinta años de edad y que a juzgar por su aspecto poseía resolución y una dosis respetable de sentido común. Hablaba con leve acento extranjero.

—Monsieur Poirot, creo que recordará usted dónde nos vimos. Hugh Lemesurier, le vio hace años, pero no lo ha olvidado.

—Recuerdo perfectamente el hecho, madame. Nos vimos en el Carlton.

—Eso es. Bien, monsieur Poirot, pues estoy muy preocupada.

—¿Respecto de qué, madame?

—Pues respecto de mi hijo mayor. Porque tengo dos hijos: Ronald, de ocho años y Gerald de seis.

—Continúe, señora. ¿Por qué le preocupa su hijo Ronald?

—Monsieur Poirot, en el espacio de los seis últimos meses pasados ha logrado escapar a la muerte tres veces seguidas: la primera vez estuvo a punto de ahogarse en Cornualles, este verano; la segunda vez se cayó por la ventana de la nursery; la tercera vez estuvo a punto de ser envenenado.

El rostro de Poirot expresaba de manera demasiado elocuente, tal vez, lo que estaba pensando, porque mistress Lemesurier dijo apresuradamente:

—Naturalmente, comprendo que usted me toma por una boba que convierte en montañas un granito de arena...

—No, señora. Cualquier madre se sentiría tan trastornada como usted por tales acontecimientos, pero lo que no veo es en qué puedo servirla. No soy *le bon Dieu* para mandar a las olas; ponga barrotes de hierro en la nursery y en cuanto a la comida, ¿qué podría compararse al cuidado de una madre?

—Pero ¿por qué le suceden tales cosas a Ronald y no a Gerald?

—Se trata de una pura casualidad, madame... *le hasard*!

—¿De verdad cree usted eso?

—¿Qué cree usted, madame, qué cree su marido?

Una sombra nubló el rostro de mistress Lemesurier.

—Hugh no quiere escucharme. Supongo que habrá usted oído hablar de la maldición que pesa sobre nuestra familia. Según ella, el primogénito no puede heredar. Hugh cree en esa leyenda. Conoce al dedillo la historia de los

Lemesurier y es supersticioso en grado superlativo. Cuando le comunico mis temores me habla de la maldición y asegura que no podemos escapar de ella. Pero yo he nacido en los Estados Unidos, monsieur Poirot. Allí no creemos en maldiciones, aunque nos gusten porque son distinguidas, porque dan tono, ¿comprende? Hugh me conoció cuando tomaba yo parte en una comedia musical y me dije que eso de una maldición es un embrujo, algo indescriptible para expresarlo con palabras, a propósito para narrarlo junto al fuego en una cruda noche de invierno, pero cuando se trata de un hijo... es otra cosa, porque yo adoro a mis hijos, monsieur Poirot, y haría cualquier sacrificio por ellos.

—¿De manera que se niega a creer en la leyenda de la familia?

—¿Puede una leyenda cortar un tallo de hiedra?

—¿Qué es lo que dice, madame? —exclamó mi amigo con expresión de profundo asombro reflejado en el semblante.

—Digo, ¿puede una leyenda, una fantasía si prefiere denominarlo así, cortar un tallo de hiedra? No me refiero a lo sucedido en Cornualles, porque aunque Ronald sabe nadar desde los cuatro años, cualquier chico puede encontrarse en apurada situación en un momento dado. Los dos hijos míos son muy traviesos y por ello un día descubrieron que podían encaramarse por la pared sirviéndose de la hiedra como de una escalera. Un día en que Gerald no estaba en casa la hiedra cedió y Ronald cayó a tierra. Por fortuna no se hizo nada serio. Pero yo salí y examiné la hiedra. Estaba cortada, monsieur, cortada deliberadamente.

—¿Se da cuenta de la gravedad de lo que insinúa, madame? ¿Dice que el hijo menor estaba en aquel momento fuera de casa?

—Sí.

—¿Lo estaba también cuando el envenenamiento de Ronald?

—No, los dos estaban en ella.

—Es curioso —murmuró Poirot—. Dígame, ¿qué servidores tiene usted?

—Miss Saunders, el aya de los niños, y John Gardiner, el secretario de mi marido.

Mistress Lemesurier hizo una pausa levemente confusa.

—¿Y quién más, madame?

—El comandante Roger Lemesurier, a quien conoció usted también aquella noche del Carlton, viene a vernos con frecuencia.

—¡Ah, sí! ¿Es pariente de ustedes?

—Un primo lejano. No pertenece a esta rama de la familia. Sin embargo, creo que es el pariente más próximo de mi marido. Es muy afectuoso y le queremos todos. Los chicos le adoran.

—¿Fue él, quizá, quien les enseñó a trepar por la hiedra?

—Bien pudiera ser, porque les incita a hacer travesuras.

—Madame, le pido mil perdones por lo que dije antes. El peligro es real y creo poder servirla. Le propongo que nos invite a pasar unos días con ustedes. ¿Tendría inconveniente en ello su marido?

—Oh, no. Pero dudará de su eficacia. Me irrita ver que se sienta tranquilamente a esperar que fallezca su hijo.

—¡Cálmese, madame! Nosotros todo lo hacemos metódicamente.

Después de hacer el equipaje a toda prisa, tomamos al día siguiente el camino del norte. Poirot se sumió en sus reflexiones. Salió de su ensimismamiento para preguntar bruscamente:

—¿Se cayó Vincent Lemesurier de uno de estos trenes?

Y acentuó levemente el verbo.

—¿Qué es lo que sospecha? —interrogué sinceramente sorprendido.

—¿No le han llamado la atención, Hastings, esas muertes casuales de los Lemesurier? ¿No le parece que todas ellas han podido ser preparadas de antemano? Por ejemplo, la de Vincent; luego la del estudiante de Eton. Un accidente es casi siempre algo ambiguo. Suponiendo que este mismo niño, hijo de Hugh, hubiera fallecido como resultado de su caída por la ventana, qué cosa tan natural y tan poco sospechosa. Porque, ¿quién sale beneficiado de su muerte? Su hermanito, un niño de seis años. ¡Es absurdo!

—Quizá pretenden, más adelante, desembarazarse de él también —sugerí yo alimentando una idea vaga de quién o quiénes lo pretendían.

Poirot movió la cabeza. La sugerencia no le satisfacía, era evidente.

—Envenenamiento por ptomaína —murmuró—. La atropina presenta casi los mismos síntomas. Sí, nuestra presencia allí es indispensable. Hay que descubrir... o bien... evitar o...

Mistress Lemesurier nos recibió con entusiasmo. En seguida nos llevó al estudio de su marido y nos dejó en él. Hugh había cambiado mucho desde la primera guerra. Sus hombros se inclinaban todavía más hacia delante y su rostro tenía un curioso tinte gris pálido. Poirot le explicó el motivo de nuestra visita y le escuchó con atención.

—¡Es muy propio del sentido común de Sadie! —dijo al final—. De todos modos, monsieur Poirot, le agradezco que haya venido; pero lo escrito, escrito está. La vida del transgresor es dura. Nosotros, los Lemesurier, lo sabemos, ninguno de nosotros escapará a su destino.

Poirot le habló de la hiedra cortada pero el hecho causó poca impresión a Hugh.

—No cabe duda que fue obra de un jardinero poco cuidadoso... Sí, sí, tiene que haber un instrumento, pero el fin es simple; y no se demorará mucho, sépalo, monsieur Poirot.

Éste le miró con atención.

—¿Por qué dice eso?

—Porque yo mismo estoy sentenciado. El año pasado fui a ver a un médico y padezco una enfermedad incurable. El fin está próximo, pero antes de que yo fallezca se llevarán a Ronald. Gerald le heredará.

—¿Y si le sucediera algo también a su segundo hijo?

—No le sucederá nada; nada le amenaza.

—Pero ¿y si le sucediera? —insistió Poirot.

—Mi primo Roger sería su heredero.

Alguien vino a interrumpir nuestra conversación. Era un caballero alto, de arrogante figura, de cabello rizado, color de cobre, que entró llevando unos papeles en la mano.

—Bien, deje eso, Gardiner y no se preocupe —dijo Hugh Lemesurier—. Mi secretario, mister Gardiner.

El secretario saludó, nos dedicó unas palabras agradables de bienvenida y desapareció. A pesar de su gallardía había algo en él que repelía y cuando me confié a Poirot, más adelante, mientras paseábamos por los hermosos jardines, convino en ello con no poca sorpresa por mi parte.

—Sí, sí, Hastings, tiene usted razón. No me gusta. Es demasiado guapo. Ah, ya están aquí los pequeños.

Mistress Lemesurier avanzaba hacia nosotros con los dos niños al lado. Eran dos guapos muchachos, moreno el menor como la madre, de cabello rubio y rizoso el mayor. Los dos nos estrecharon la mano, como dos hombrecitos, y en seguida se dedicaron a Poirot. Luego fuimos presentados a miss Saunders, mujer indescriptible, que formaba parte del grupo familiar.

Por espacio de varios días llevamos una existencia cómoda y agradable, siempre vigilante aunque sin resultado. Los chicos vivían de manera normal sin carecer de nada.

Al cuarto día de estancia en la finca vimos aparecer al comandante Roger Lemesurier. Vivaracho y despreocupado, había variado muy poco, y seguía hablando de todo con la misma ligereza. Era, evidentemente, un gran favorito de los chicos, porque le acogieron con exclamaciones de alegría y le arrastraron en seguida al jardín para jugar a los indios. Me di cuenta de que Poirot le seguía sin llamar la atención.

Al día siguiente, lady Claygate, cuya propiedad lindaba con la de los Lemesurier, invitó a todo el mundo, chicos inclusive, a tomar el té. Mistress Lemesurier quería que les acompañásemos, pero sin embargo pareció aliviada de un gran peso la negativa de Poirot que, según dijo, prefería quedarse en casa.

En cuanto partieron todos, puso manos a la obra. Su actitud me recordó la de un terrier inteligente. Creo que no quedó sin registrar un solo rincón de la propiedad; sin embargo, se hizo tan serena y metódicamente que a nadie llamaron la atención sus idas y venidas. Mas era evidente, al final, que no se sentía satisfecho. Tomamos el té en la terraza con miss Saunders, que tampoco había querido formar parte de la reunión.

—Los chicos deben estar disfrutando —murmuró—. Confío en que se portarán como es debido, en que no pisotearán los parterres de flores ni se acercarán a las abejas...

Poirot se quedó con el vaso que iba a llevarse a la boca en la mano. Era como si acabara de ver un fantasma.

—¿Las abejas? —repitió con voz de trueno.

—Sí, monsieur Poirot, las abejas. Tres colmenas. Lady Claygate está orgullosa de ellas.

—¡Abejas! —exclamó Poirot. Luego se levantó de un salto y empezó a pasear por la terraza con las manos en la cabeza. Por más esfuerzos que hice no pude imaginar por qué se agitaba tanto a la sola mención de aquellos insectos.

En este momento oímos rodar un coche. Cuando el grupo se apeó ya estaba Poirot en el umbral de la puerta.

—Han picado a Ronald —exclamó excitado Gerald.

—No ha sido nada —dijo mistress Lemesurier—. Ni siquiera se ha hinchado. Le pondremos en la picadura un poco de amoníaco.

—A ver, hombrecillo. ¿Donde ha sido? —preguntó Poirot.

—Aquí, en este lado del cuello —repuso dándose importancia Ronald—. Pero no me duele. Papá me dijo: "Estáte quieto. Se te ha posado encima una abeja". Me estuve quieto y papá me la quitó de encima, pero sentí un alfilerazo. Ya me había picado y no lloré porque ya soy grande de ir a la escuela el año que viene.

Poirot examinó el cuello del niño y luego se retiró. Cogiéndome por el brazo murmuró a mi oído:

—¡Esta noche, *mon ami*, será esta noche! No diga nada... a nadie.

Como se negó a mostrarse más comunicativo, confieso que pasé el resto del día devorado por la curiosidad. Se retiró temprano y seguí su ejemplo. Mientras subíamos la escalera me cogió por un brazo y me dio instrucciones.

—No se desvista. Aguarde algún tiempo, apague luego la luz y venga a reunirse conmigo.

Obedecí y le encontré esperándome cuando llegó la hora. Me encargó con un gesto que guardara silencio y nos dirigimos, de puntillas, al ala de la casa donde se hallaba la habitación de los niños. Ronald tenía un cuarto propio. Entramos en él y me situé en un rincón oscuro. El niño respiraba bien, normalmente, y dormía tranquilo.

—Duerme profundamente, ¿verdad? —susurré.

Poirot hizo seña de que sí.

—Le han narcotizado —murmuró.

—¿Para qué?

—Para que no llore cuando...

—¿Cuando...? —repetí al ver que hacía una pausa.

—¡Sienta el pinchazo de la aguja hipodérmica, *mon ami*! ¡Silencio! No hablemos más, aunque no espero ningún acontecimiento próximo.

Pero Poirot se engañaba. Diez minutos después se abrió la puerta sin ruido y alguien entró en la habitación. Oí una respiración anhelosa, unos pasos que se aproximaron a la cama, luego un súbito ¡clic! La luz de una pequeña lámpara de bolsillo cayó sobre el rostro del pequeño durmiente. La persona que la asía seguía invisible en la sombra. Dejó la lámpara en tierra; con la mano derecha sacó la jeringuilla y con la izquierda tocó al niño en el cuello.

Poirot y yo dimos un salto al mismo tiempo. La lámpara rodó por el suelo y luchamos con el intruso en la oscuridad. Su fuerza era extraordinaria. Por fin le vencimos.

—La luz, Hastings. Tengo que verle la cara... a pesar de que temo saber demasiado bien a quién pertenece.

Lo mismo me sucedía a mí, me dije mientras buscaba la luz a tientas. Había sospechado un momento del secretario acuciado por la antipatía que me inspiraba, pero ahora estaba seguro de que el hombre que se beneficiaría de la muerte de los dos niños era el monstruo cuyos pasos habíamos estado siguiendo.

Uno de mis pies tocó la lámpara. La cogí y la encendí. Su luz brilló de lleno en el rostro... de Hugh Lemesurier, ¡el propio padre del pequeño!

Estuve en un tris de que se me cayera la lámpara de la mano.

—¡Imposible! —dije con la voz velada—. ¡Imposible!

Lemesurier había perdido el conocimiento. Entre Poirot y yo le trasladamos a su habitación y le dejamos sobre la cama. Poirot se inclinó y le quitó con suavidad un objeto de la mano. Luego me lo enseñó. Me estremecí. Era la jeringuilla.

—¿Qué hay en ella? ¿Veneno?

—Ácido fórmico si no me engaño.

—¿Ácido fórmico?

—Sí. Obtenido, probablemente, de la destilación de hormigas. Ya recordará que es químico. Luego se hubiera atribuido la muerte del niño a la picadura de la abeja.

—¡Dios mío! —exclamó—. ¡A su propio hijo! ¿Y usted lo sospechaba?

Poirot por toda respuesta, hizo gravemente un gesto afirmativo.

—Sí. Está loco, naturalmente. Imagino que la historia de su familia se convirtió en él en verdadera manía. Su deseo intenso de heredar la fortuna de los Lemesurier le condujo a cometer una serie de crímenes. Posiblemente se le ocurriría la idea al viajar por primera vez con Vincent. No podía permitir que la predicción resultase vana. El hijo de Ronald había muerto ya y el mismo Ronald era un moribundo. La familia está compuesta de individuos débiles. Él preparó el accidente de la pistola, y, lo que hasta ahora no había sospechado, la muerte de su hermano John mediando este mismo procedimiento de inyectar en la yugular ácido fórmico. Entonces se realizó su ambición y se convirtió en dueño de las propiedades agrarias de la familia. Pero su triunfo fue de breve duración porque sufría una enfermedad incurable. Además alimentaba una idea fija, una idea de loco: la de que su hijo no podría heredar. Sospecho que el accidente del baño se debió a él. Seguramente animaría al pequeño a que llegase cada vez más lejos. Al fracasar esta tentativa cortó la hiedra y después envenenó el alimento de Ronald.

—¡Es diabólico! —murmuré con un escalofrío—. ¡Y qué hábilmente planeado!

—Sí, *mon ami*, no existe nada tan sorprendente como la extraordinaria inteligencia de los locos. No hay nada que pueda compararse a ella, sólo la excentricidad de los cuerdos.

—Y pensar que sospeché hasta de Roger, este buen amigo...

—Es natural, *mon ami*. Nosotros sabíamos que acompañó a Vicent en su viaje al norte. Sabíamos también que después de Hugh y de sus hijos él era el legítimo heredero. Pero los hechos dieron al traste con estas suposiciones. No se cortó la hiedra más que cuando el pequeño Ronald estaba en casa... y el interés de Roger hubiera exigido que los dos hermanitos perecieran. De la misma manera que fue sólo Ronald el envenenado. Y hoy, cuando volvieron a casa y me di cuenta de que solamente bajo palabra de su padre había que creer que Ronald fue picado por una abeja, recordé la otra muerte y supe quién era el asesino.

Hugh Lemesurier murió varios meses después en una casa de salud a la que había sido trasladado. Su viuda volvió a casarse con mister Gardiner, el secretario de los cabellos color de cobre. Ronald heredó las hectáreas de su padre y continúa floreciendo.

—Bien, bien —observé dirigiéndome a Poirot—. Otra ilusión que se desvanece. Usted ha concluido con la maldición que pesaba sobre los Lemesurier.

—¿Quién sabe? —repuso pensativo el detective—. Quién sabe...

—¿Qué quiere decir?

—Voy a contestar, *mon ami*, con una sola y significativa palabra ¡rojo!

—¿Sangre? —interrogué aterrado, bajando la voz instintivamente.

—¡Qué imaginación tiene tan melodramática, Hastings! Me refería a algo más prosaico: al color de los cabellos del pequeño Ronald.

EL MISTERIO DE CORNUALLES

—Mistress Pengelley —anunció nuestra patrona. Y se retiró discretamente.

Por regla general personas de toda especie acuden a consultar a Poirot, pero, en mi opinión, la mujer que se detuvo, nerviosa, junto a la puerta manoseando un boa de plumas, era de las más vulgares. Representaba unos cincuenta años, era delgada, de rostro marchito, vestía un traje sastre y sobre los cabellos grises se había puesto un sombrero que la favorecía poquísimo. En una capital de provincia pasamos todos los días por delante de muchas mistress Pengelley.

Poirot, que se dio cuenta de su visible confusión la acogió con agrado avanzando unos pasos.

—Madame, siéntese, por favor. Mi colega, el capitán Hastings.

La señora tomó asiento, murmurando:

—¿Es usted monsieur Poirot, el detective?

—Sí, señora. A su disposición.

La visitante suspiró, se retorció las manos, se puso colorada.

—¿Puedo servirla en algo, madame?

—Sí, señor... Creo... Me pareció que...

—Continúe, madame, por favor.

Mistress Pengelley se dominó mediante un esfuerzo de voluntad al verse animada por mi amigo.

—El caso es, monsieur Poirot... que no quisiera tener nada que ver con la policía. ¡No, no pienso acudir a ella por nada del mundo! Pero al propio tiempo... me tiene preocupada. Sin embargo, no sé si debo...

Mistress Pengelley calló bruscamente.

—Yo no tengo nada que ver con la policía —le aseguró Poirot—. Mis investigaciones son estrictamente particulares.

Mistress Pengelley se aferró a la palabra.

—Particular, eso es. Es lo que deseo. No quiero habladurías, ni comentarios, ni sueltos en los periódicos. Porque cuando la prensa desbarra, las pobres familias ya no vuelven a levantar la cabeza. Además de que no estoy segura... Se trata de una idea, una idea terrible que se me ha ocurrido y que no me deja en paz. —Hizo una pausa para cobrar aliento y luego siguió diciendo—: No quisiera juzgar mal al pobre Edward... mas suceden cosas tan terribles hoy día...

—Permítame... ¿Edward es su marido?

—Sí.

—¿Qué es lo que sospecha?

—No quisiera tener que decirlo, monsieur Poirot, pero como todos los días suceden cosas parecidas y los desgraciados ni siquiera sospechan...

Yo comenzaba a desesperar de que la pobre señora se decidiera a hablar claro, pero la paciencia de Poirot era inagotable.

—Explíquese sin temor, madame. Verá cómo se alegra cuando le demostremos que sus recelos carecen de fundamento.

—Es muy cierto. Además de que cualquier cosa será mejor que esta espantosa incertidumbre. Monsieur Poirot, temo que... ¡me están *envenenando*!

—¿Qué le induce a creerlo?

Una vez superada la reticencia, mistress Pengelley se metió en una intrincada serie de explicaciones más propias para los oídos de un médico que para los nuestros de índole policíaca.

—Así pues, dolor y malestar después de las comidas, ¿no es eso? —dijo Poirot pensativo—. ¿La ha visitado un médico, madame? ¿Qué dice?

—Dice que tengo una gastritis aguda. Pero he reparado en su inquietud, en su perplejidad. Cambia continuamente de medicamentos, pero ninguno me sienta bien.

—¿Le ha hablado de... sus temores?

—No, monsieur Poirot. No quiero que se divulgue la noticia. Quizá sea realmente una gastritis lo que padezco. De todas maneras es raro que en cuanto se va Edward de casa todos los fines de semana, vuelva a sentirme bien. Incluso Freda, mi sobrina, se ha fijado en ello. Luego hay lo de la botella del veneno para las malas hierbas, casi vacía, a pesar de que asegura el jardinero que no se utiliza.

Mistress Pengelley miró con expresión suplicante a Poirot que sonrió para tranquilizarla, mientras tomaba papel y lápiz.

—Vamos a ser prácticos, madame —dijo—. ¿Dónde residen ustedes?

—En Polgarwith, una pequeña ciudad de Cornualles.

—¿Hace tiempo que habitan en esa ciudad?

—Catorce años.

—Usted y su marido ¿son los únicos habitantes de la casa? ¿Tienen ustedes hijos?

—No.

—Pero ¿sí una sobrina?

—Sí, Freda Stanton, hija de la única hermana de Edward. Ha vivido con nosotros por espacio de ocho años, o sea hasta la semana pasada.

—¡Oh! ¿Qué pasó en esa semana?

—Pues la verdad es que no sé qué le pasó a Freda. Se mostraba ruda, impertinente, cambiaba con frecuencia de humor hasta que un día, después de uno de sus desahogos, salió de casa y alquiló habitaciones en otra calle de la población. Desde entonces no he vuelto a verla. Vale más esperar a que recupere el sentido común, como dice mister Radnor.

—¿Quién es mister Radnor?

Parte del embarazo inicial de mistress Pengelley reapareció.

—Oh, pues, es un amigo. Un muchacho muy agradable.

—¿Existe alguna clase de relación entre él y su sobrina?

—En absoluto —dijo mistress Pengelley con marcado énfasis.

Poirot pasó a un terreno más positivo.

—¿Están usted y su marido en buena posición?

—Sí, gozamos de una posición bastante buena.

—¿El capital es suyo o de él?

—Es todo de Edward. Yo no poseo nada mío.

—Para ser prácticos, madame, compréndalo, tenemos que ser brutales. Tenemos que buscar un motivo, porque no creo que su marido la esté envenenando solo *pour passer le temps*! ¿Sabe si tiene alguna razón para desear quitarla a usted de en medio?

—¡Oh, una arpía de cabellos rubios! —dijo mistress Pengelley dejándose llevar de un arrebato de cólera—. Mi marido es dentista, monsieur Poirot, y dice que no hay nada como tener de ayudante a una muchacha despierta, de cabello rizado y delantal blanco para atraer a la clientela. Y a pesar de que jura lo contrario, yo sé que la acompaña muchas veces.

—¿Quién pidió la botella del veneno, madame?

—Mi marido... hará cosa de un año.

—¿Tiene su sobrina dinero propio?

—Una renta de unas cincuenta libras al año, poco más o menos. Si yo se lo permitiera volvería con gusto a gobernarle la casa a Edward.

—Entonces, ¿usted ha pensado en dejarle?

—Yo no pretendo dejarle para que se salga con la suya. Las mujeres ya no somos esclavas ni toleramos que se nos ponga el pie encima, monsieur Poirot.

—La felicito por ese espíritu independiente, madame; pero seamos prácticos. ¿Piensa volver hoy a Polgarwith?

—Sí, vine aquí de excursión. El tren salió de allá a las seis de la mañana y volverá a las cinco de la tarde.

—¡Bien! De momento no tengo mayor cosa que hacer. Puedo dedicarme a este pequeño *affaire*. Mañana llegaremos a Polgarwith. Diremos que aquí, el amigo Hastings, es un pariente lejano, el hijo de un primo segundo, ¿le parece bien? Y que yo soy un amigo algo excéntrico. Entretanto coma únicamente lo que preparen sus manos o se haga bajo su dirección. ¿Tiene una doncella de confianza?

—Sí. Jessie es una buena chica, estoy segura.

—Entonces, hasta mañana, madame. Valor.

Poirot acompañó a la señora hasta la puerta y volvió pensativo a instalarse en su sillón. Sin embargo, su ensimismamiento no era tan profundo que no reparara en dos plumitas arrancadas del boa de plumas de mistress Pengelley por la agitada señora. Las cogió con cuidado y las echó a la papelera.

—Bueno, Hastings —me preguntó—. ¿Qué deduce de lo que acaba de escuchar?

—¡Hum! Nada bueno —respondí.

—Sí, si lo que sospecha la señora es cierto. Pero ¿lo es? Hoy en día ningún marido puede pedir así como así una botella de matahierbas. Si su mujer padece de gastritis y además posee un temperamento histérico, el cuadro estará listo.

—¿Así cree usted que sólo se trata de eso?

—Ah, *violà*!, no lo sé, Hastings. Pero el caso me interesa enormemente aunque en verdad no es nuevo. De aquí que haya hablado del histerismo aun cuando mistress Pengelley no me parece muy histérica. Sí, o mucho me engaño o tenemos aquí un drama intenso y muy humano. Dígame, Hastings, ¿cuáles son a su manera de ver los sentimientos que su marido inspira a la buena señora?

—La fidelidad en lucha con el miedo —sugerí.

—Sí, de ordinario una mujer acusará a todo el mundo... menos... a su marido. Se aferrará a su fe en él contra viento y marea.

—Pero "la otra" vendrá a complicar las cosas...

—Sí, bajo el acicate de los celos, el amor puede transformarse en odio. Pero el odio la movería a acudir a la policía, no a mí. Querría armar un escándalo y que todo el mundo se enterara. No, no, utilicemos las células grises. ¿Por qué ha venido a buscarme? ¿Para que le demuestre que sus sospechas son infundadas o para que las confirme? Ah, tenemos aquí el factor desconocido, algo que no comprendo. ¿Es nuestra mistress Pengelley una actriz estupenda? No, era sincera, juraría que era sincera y por ello me interesa. Haga el favor de mirar en la Guía de Ferrocarriles el horario de los trenes.

El que más nos convenía era el de la una cincuenta que llegaba a Polgarwith poco después de las siete. El viaje se verificó sin obstáculos y salí de una agradable siestecilla para bajar al andén de una pequeña y oscura estación. Nos dirigimos con nuestras maletas al Duchy Hotel y, después de tomar una cena ligera, mi amigo sugirió que fuéramos a hacer una visita a mi supuesta prima.

La casa de los Pengelley se hallaba algo distante de la carretera y tenía delante un jardín de un estilo pasado de moda. La brisa nos trajo el perfume de diversas flores. Parecía imposible asociar ideas de violencia a aquel encanto tan propio de pasadas épocas. Poirot llamó al timbre y luego lo hizo con los nudillos, pero nadie contestó a su llamada. Entonces volvió a pulsar el timbre. Tras una corta pausa, nos abrió una doncella desmelenada, con los ojos colorados, que resollaba con fuerza.

—Deseamos ver a mistress Pengelley —explicó Poirot—. ¿Podemos pasar?

La doncella se nos quedó mirando fijamente. Con una franqueza poco usual replicó luego:

—Entonces, ¿no saben la novedad? Mistress Pengelley ha fallecido. Hace media hora, poco más o menos, que ha dejado de existir.

Nosotros la miramos, aturdidos.

—¿De qué ha muerto? —pregunté después.

—No lo sé. Pero les aseguro que si no fuera porque no quiero dejar a mi pobre señora sola, haría la maleta y saldría de aquí esta misma noche. Claro que no puedo dejarla, por que no tiene a nadie que la vele. No soy la que debe hablar, pero todo el mundo lo sabe. La noticia corre por toda la ciudad. Si mister Radnor no escribe al secretario del Interior, otro lo hará. El médico dirá lo que quiera. Yo he visto con estos ojos que se ha de comer la tierra, cómo sacaba el señor de su estante la botella de matahierbas. Al ver que yo le miraba dio un salto, pero la señora tenía la sopa, ya hecha, encima de la mesa. Le aseguro que mientras permanezca en esta casa no probaré bocado ni bebida de ninguna clase aun que me muera de hambre.

—¿Dónde vive el médico que visitó a la señora?

—Es el doctor Adams. Vive ahí, a la vuelta de la esquina, en la calle principal. Es la segunda casa.

Poirot le volvió bruscamente la espalda. Estaba muy pálido.

—La muchacha no quería abrir la boca, pero ha hablado de más —observé secamente.

—He sido un imbécil, Hastings, un criminal. Me alabo de mi inteligencia y he dejado perder una vida humana, una vida que vino a mí para que la salvara. Pero, la verdad, no se me ocurrió pensar que sucedería esto tan pronto. ¡Que el buen Dios me perdone! Pero la historia de mistress Pengelley me pareció falsa... Bueno, ahí está la casa del doctor. Veremos lo que nos dice.

El doctor Adams era el típico médico de aldea, de mejillas sonrosadas. Nos recibió cortésmente, pero a la sola insinuación de lo que allí nos llevaba se puso muy colorado.

—¡Es una tontería! ¡Es una tontería! —exclamó—. Yo he llevado el caso y sé muy bien que mistress Pengelley padecía una gastritis, una gastritis, pura y sencillamente. En esta ciudad se murmura mucho, existe un grupo de viejas que cuando se reúnen inventan sólo Dios sabe qué infundios. Claro, leen periódicos o revistas truculentas y luego suponen que también en Polgarwith se envenena a la gente. En cuanto ven una botella de matahierbas se les dispara la imaginación. Conozco a fondo a Edward Pengelley y sé que es incapaz de matar una mosca. ¿Quieren ustedes decirme para qué iba a envenenar a su mujer? Realmente no veo el motivo.

—Lo ignoramos. Pero existen hechos que usted desconoce —manifestó Poirot.

Muy brevemente le explicó a continuación los hechos más salientes de la visita de mistress Pengelley. El doctor Adams se quedó atónito. Los ojos se le saltaban de las órbitas.

—¡Dios nos asista! —exclamó—. Esa pobre mujer estaba loca. ¿Por qué no se confió a mí? ¿No era lo más natural?

—Quizá pensó que se reiría usted de sus temores.

—Nada de eso. Yo tengo una mentalidad abierta.

Poirot sonrió. El médico estaba más trastornado de lo que quería confesar. Cuando salimos de su casa, Poirot se echó a reír.

—Es tan testarudo como una mula —observó—. Ha dicho gastritis y gastritis tiene que ser. Sin embargo, no está tranquilo.

—¿Qué vamos a hacer ahora?

—Volver al hotel y pasar una mala noche en sus lechos provincianos, *mon ami*. ¡No hay nada tan temible como una habitación económica en Inglaterra!

—¿Y mañana...?

—*Rien à faire.* Volvamos en el primer tren a la ciudad y esperemos.

—Eso es muy cómodo. ¿Y si no pasase nada?

—Pasará, se lo prometo. Nuestro buen doctor hará su certificado, pero las malas lenguas no callarán. Y le digo a usted que no hablarán sin motivo.

Nuestro tren salía a las once de la mañana siguiente. Antes de dirigirnos a la estación, sin embargo, Poirot expresó el deseo de ver a miss Freda Stanton, la sobrina de la que nos había hablado la difunta. No nos costó trabajo dar con la casa. La hallamos en compañía de un joven alto, moreno, a quien con cierta confusión nos presentó bajo el nombre de mister Jacob Radnor.

Miss Freda Stanton era una muchacha muy bonita y tenía el tipo propio de Cornualles, de ojos y cabellos oscuros y rosadas mejillas. Aquellas negras pupilas brillaban a veces con un fuego que hubiera sido temerario provocar.

—¡Pobre tía! —dijo cuando, después de presentarnos, Poirot le explicó el motivo de nuestra presencia allí—. ¡Es muy lamentable lo ocurrido! Toda la mañana me digo que ojalá hubiera sido más amable y más paciente con ella.

—Bastante paciencia tuviste, Freda —interrumpió mister Radnor.

—Sí, Jacob, pero tengo el genio vivo, lo sé. Después de todo la tía se ponía un poco tonta solamente. Yo debí reírme de su tontería y no darle importancia. Figúrese que se le metió en la cabeza que el tío la estaba envenenando porque se ponía *peor* cada vez que él le daba la comida. Claro, se ponía peor a fuerza de pensar en aquello.

—¿Cuál fue la causa de su desavenencia con usted, mademoiselle?

Miss Stanton titubeó y miró a Radnor. El caballero fue rápido en coger al vuelo la insinuación.

—Freda, me marcho —dijo—. Ya te veré por la tarde. ¡Adiós, caballeros! ¿Se dirigían ustedes seguramente a la estación?

Poirot replicó que así era, en efecto, y Radnor se marchó.

—Están ustedes prometidos, ¿verdad? —preguntó Poirot con sonrisa taimada.

Freda Stanton se ruborizó.

—Esto era lo que en realidad disgustaba a la tía —confesó.

—¿No aprobaba su elección?

—Oh, no es que no la aprobara. Es que... —la muchacha calló de pronto.

—Diga —dijo animándola Poirot.

—Ha muerto y no quisiera empañar su memoria, pero si no se lo digo no se hará cargo de lo ocurrido... La tía estaba prendada de Jacob.

—¿De veras?

—Sí; ¿no es absurdo? Pasaba de los cincuenta y él no ha cumplido los treinta, pero así es. Por ello cuando le dije que venía por mí se portó muy mal. En un principio se negó a creerlo y estuvo tan ruda y tan insultante que no tiene nada de extraño que me dejara llevar de un arrebato. Hablé con Jacob y convinimos que lo mejor era que yo me marchara hasta que se le pasara la tontería. ¡Pobre tía! Su estado era muy particular.

—Así parece. Gracias, mademoiselle, por su bondad al aclarar las cosas.

Me sorprendió ver a Radnor que nos esperaba pacientemente en la calle.

—Adivino lo que Freda les ha contado —dijo—; fue un hecho muy embarazoso para mí, como ya comprenderán, y no necesito decir que yo no tuve la culpa de todo lo ocurrido. Primero imaginé que la pobre señora se mostraba amable para ayudar a Freda, pero... su actitud era absurda y extraordinariamente desagradable.

—¿Cuándo piensan contraer matrimonio usted y miss Stanton?

—Pronto, confío en ello. Ahora, monsieur Poirot, voy a serle franco. Sé algo más de lo que sabe mi prometida. Ella cree que su tío es inocente. Yo no estoy tan seguro. Pero le diré una cosa: que pienso mantener la boca cerrada. Los perros duermen, ¡que sigan durmiendo! No deseo ver juzgado y condenado al tío de mi mujer.

—Aunque nadie lo confiesa, somos egoístas, mister Radnor. Haga lo que usted guste, pero también yo voy a serle franco: creo que no servirá de nada.

—¿Por qué no?

Poirot levantó un dedo. Era día de mercado y cuando pasamos por delante de él oímos dentro un murmullo continuo.

—La voz del pueblo, mister Radnor... Ah, corramos, no sea que perdamos el tren.

—Muy interesante, ¿verdad, Hastings? —dijo Poirot al salir el tren, silbando, de la estación.

Había sacado un peine del bolsillo, luego un espejo microscópico, y se peinaba con cuidado el bigote, cuya simetría había alterado nuestra carrera.

—Veo que a usted se lo parece —respondí—. Para mí es sórdido y desagradable y ni siquiera encierra ningún misterio.

—Convengo con usted en que el caso no tiene nada de misterioso.

—¿Cree usted en lo que esa muchacha nos ha contado del enamoramiento extraordinario de su tía? ¿No será un cuento? Porque mistress Pengelley me pareció una mujer muy simpática y respetable.

—No veo en ello nada de extraordinario, al contrario, es muy común. Si lee los periódicos con atención se dará cuenta de que no es infrecuente que una mujer decente que ha vivido al lado de su marido por espacio de veinte años y que tiene también una familia los abandona para unir su vida a la de un hombre muchísimo más joven. Usted admira a *les femmes*, Hastings; se postra de hinojos ante las que son hermosas y tiene el buen gusto de mirarlas con la sonrisa en los labios; pero psicológicamente las desconoce por completo. En el otoño de la vida de una mujer es justamente cuando llega siempre para ella el mal momento, un momento de locura, en que anhela vivir una novela, una aventura, antes de que sea demasiado tarde. Y lo mismo le sucede a la respetable esposa de un dentista de provincia.

—Así, ¿usted opina...?

—Que todo hombre hábil puede aprovecharse de dicho momento.

—Yo no me atrevería a llamar hábil a Pengelley —murmuré—. Toda la población murmura de él. Sin embargo, creo que tiene usted razón. Radnor y el doctor, las dos únicas personas que saben algo, desean acallar esos rumores. Él ha conseguido esto, desde luego. Me hubiera gustado conocerle.

—Pues puede salirse con la suya. Vuelva en el próximo tren y dígale que le duele una muela.

Yo le dirigí una mirada penetrante.

—Quisiera saber por qué juzga tan interesante el caso.

—Despertó mi interés una observación suya, Hastings. Después de entrevistar a la doncella dijo usted que había hablado demasiado a pesar de no querer abrir la boca.

—Lo que me extraña es que no haya usted querido ver a mister Pengelley.

—*Mon ami*, le concedo tres meses de tiempo. Luego le veremos todo lo que guste... en el juicio.

Yo creí esta vez que Poirot iba descaminado porque transcurrió el tiempo sin que supiéramos nada de nuestra casa de Cornualles. Otros asuntos requirieron entretanto nuestra atención y comenzaba a olvidar la tragedia de Pengelley cuando me la recordó un párrafo del periódico en que se comunicaba al público que el secretario del Interior había dado orden de que se inhumase el cadáver de mistress Pengelley.

Poco después el "misterio de Cornualles", como se le de nominaba, era el tópico de todos los periódicos. Por lo visto la murmuración no cesó nunca del todo en Polgarwith y cuando el viudo Pengelley anunció su compromiso oficial con miss Marks, su ayudante, las lenguas se movieron con inaudita vivacidad. Finalmente se envió una petición al secretario del Interior y se exhumó el cadáver; se descubrieron en sus vísceras grandes cantidades de arsénico; se detuvo y acusó a mister Pengelley de la muerte de su mujer.

Poirot y yo asistimos a la vista preliminar. Las declaraciones fueron muy numerosas. El doctor Adams admitió que los síntomas del envenenamiento por arsénico pueden confundirse fácilmente con los síntomas de una gastritis; el perito del ministerio prestó declaración; Jessie, la doncella, dejó escapar por su boca una avalancha de informes incoherentes, muchos de los cuales se rechazaron, pero algunos otros confirmaron la culpabilidad del preso. Jacob Radnor declaró que el día de la muerte de mistress Pengelley, al llegar él inesperadamente a la casa sorprendió a mister Pengelley en el acto de colocar la botella de veneno en un estante y que el plato de sopa de mistress Pengelley se hallaba sobre una mesa vecina. Luego se llamó a miss Marks, la rubia ayudante, que llorando, presa de un ataque de histerismo, manifestó que mister Pengelley había prometido que se casaría con ella en el caso de que le sucediera algo a su mujer. Pengelley postergó su defensa y quedó pendiente de la llamada a juicio.

Jacob Radnor volvió con nosotros a nuestro departamento.

—Ya ve, señor mío, cómo tenía yo razón —dijo Poirot—. La voz del pueblo ha sonado... con firmeza. No le ha servido en absoluto de nada pretender ocultar lo ocurrido.

—Sí, tiene razón —suspiró Radnor—. ¿Qué opina? ¿Cómo saldrá de ésta mister Pengelley?

—Como se ha reservado la defensa, es muy posible también que se haya reservado algún triunfo en la manga, como dicen ustedes, los ingleses. ¿Quiere subir un momento con nosotros?

Radnor aceptó la invitación. Yo pedí a la patrona dos vasos de whisky con soda y una taza de chocolate.

—Naturalmente —seguía diciendo Poirot— que tengo ya experiencia en esta clase de asuntos. Por ello sólo veo una salida para nuestro hombre.

—¿Cuál?

—La de que firme usted este papel.

Y con la agilidad de un conspirador, mi amigo se sacó del bolsillo una hoja de papel cubierta de caracteres de escritura.

—¿Qué es eso?

—La confesión escrita de que fue usted el que asesinó a mistress Pengelley.

Hubo un momento de silencio y después Radnor rió.

—¡Usted está loco!

—No no, amigo mío, no lo estoy. Usted vino aquí; usted inició un pequeño negocio; usted estaba falto de dinero. Mister Pengelley es hombre acaudalado; usted conoció a su sobrina y le cayó en gracia. Por ello pensó desembarazarse del tío y de la tía; luego miss Stanton heredaría, puesto que era su única pariente. ¡Qué hábilmente lo planeó todo! Usted cortejó a la pobre mujer, entrada en años, fea, vulgar, hasta que la convirtió en una esclava. Usted implantó en su espíritu dudas relativas a su marido. Primero descubrió que la engañaba, luego, bajo su inspiración, que trataba de envenenarla. Usted hacía frecuentes visitas a la casa y por ello tuvo ocasión de poner veneno en sus alimentos. Pero cuidó de no hacer esto nunca cuando el marido estaba ausente. Como era mujer, mistress Pengelley no supo reservarse sus sospechas, sino que habló de ellas a su sobrina y ésta, no cabe dudarlo, a algunos amigos. La sola dificultad que se le planteaba a usted era mantener relaciones por separado con las dos mujeres y aun esto no era tan fácil como a primera vista parecía. Usted explicó a la tía que, para no despertar las sospechas del marido, tenía que cortejar a la sobrina. Y la señorita no tardó en convencerse de que no podía considerar en serio a su tía como a una rival.

»Pero, sin decir nada, mistress Pengelley decidió entonces venir a consultarme. Si podía asegurarme, sin lugar a duda, de que su marido pretendía envenenarla, estaría muy justificado que le abandonara y que uniera su vida a la de usted... que es lo que imaginaba que usted quería. Pero a usted no le convenía esto. Tampoco quería que un detective le vigilara. Estaba usted en casa de los Pengelley cuando el marido le llevó un plato de sopa a su mujer e introdujo en él la dosis fatal. El resto es bien simple. Usted deseaba, aparentemente, acallar toda sospecha, pero las fomentaba en secreto. ¡No contaba con Hércules Poirot, mi inteligente y joven amigo!

Radnor estaba mortalmente pálido. Sin embargo, trató todavía de aparentar serenidad para imponerse a la situación.

—Es usted muy ingenioso e interesante —comentó—. ¿Por qué me cuenta todo eso?

—Porque represento a mistress Pengelley, no a la ley. Y en bien de ella voy a darle una ocasión de escapar. Firme este papel y le concederé veinticuatro horas de tiempo antes de ponerlo en manos de la policía.

Radnor titubeaba.

—Usted no puede demostrar nada.

—¿Lo cree así? Recuerde que soy Hércules Poirot. Mire, monsieur, por la ventana. ¿Ve en la calle dos hombres apostados? Pues tienen orden de no perderle de vista.

Radnor se acercó a la ventana y descorrió un visillo. Enseguida retrocedió, profiriendo un juramento.

—¿Lo ve, monsieur? Firme, aproveche la ocasión.

—Pero ¿qué garantía puede darme de que...?

—¿Mantendré mi promesa? La palabra de Hércules Poirot. ¿Firmará? Bueno. Hastings, descorra a medias ese visillo. Es la señal de que debe dejarse marchar a mister Radnor sin molestarle.

Radnor se apresuró a salir, mascullando juramentos, con el rostro blanco. Poirot inclinó la cabeza.

—¡Es un cobarde! Lo sabía.

—Se me figura —dije furioso—, que su actuación ha sido criminal. Usted predica siempre que no hay que dejarse llevar de los sentimientos. Sin embargo, deja huir a un criminal peligroso por puro sentimentalismo.

—No, por pura necesidad —repuso Poirot—. ¿No ve, amigo mío, que no poseo ninguna prueba de su culpabilidad? ¿Quiere que me coloque ante doce obtusos naturales de Cornualles, para contarles lo que he averiguado? Se reirían de mí. No he podido hacer más de lo que acaba de ver: atemorizar a ese hombre y arrancarle una confesión. Esos desocupados de la calle me han sido muy útiles. Vuelva a correr el visillo, ¿quiere, Hastings? Ya no necesitamos tenerlo descorrido. Formaba parte de la *mise en scene*.

»Bien, bien, hagamos ahora honor a nuestra palabra. ¿Dije veinticuatro horas, no es eso? Tanto peor para mister Pengelley. No merece otra cosa, porque la verdad es que engañaba a su mujer. Y yo soy paladín de la vida de familia, como ya sabe. Bien, veinticuatro, ¿y después? Tengo gran fe en Scotland Yard. ¡Le atraparán, *mon ami*, le atraparán!

EL REY DE TRÉBOL

—La verdad —observé dejando el *Daily Newmonger* a un lado— tiene más fuerza que la ficción.

La observación no era original, pero pareció gustar a mi amigo, que, ladeando la cabeza de huevo, se quitó una mota imaginaria de polvo de los bien planchados pantalones y observó:

—¡Qué idea tan profunda! ¡Mi amigo Hastings es un pensador!

Sin enojarme por la evidente ironía, di un golpecito sobre el periódico que acababa de soltar de la mano.

—¿Lo ha leído ya? —pregunté.

—Sí. Y después de leerlo lo he vuelto a doblar simétricamente. No lo he tirado al suelo como acaba usted de hacer, con una lamentable falta de orden y de método.

(Esto es lo peor de Poirot. El Orden y el Método son sus dioses. Y les atribuye todos sus éxitos.)

—¿Entonces ha leído la nota del asesinato de Henry Reedbum, el empresario? Él ha originado mi reciente observación. Porque es cierto que no sólo la verdad es más fuerte que la ficción, sino, asimismo, mucho más dramática. Vea por ejemplo esa sólida familia de la clase media, los Oglander. El padre, la madre, el hijo, la hija son típicos, como tantos cientos de familias de este país. Los hombres van a la City todos los días; las mujeres se ocupan de la casa. Sus vidas son pacíficas, monótonas incluso. Anoche estuvieron sentados en el salón de su casa de Daisymead, en Streatham, jugando al bridge. De improviso, se abre una puerta de cristales y entra en la habitación una mujer tambaleándose. Lleva manchado de sangre el vestido de seda gris. Antes de caer desmayada al suelo dice una sola palabra: "asesinado". La familia la reconoce al punto. Es Valerie Sinclair, famosa bailarina, de quien habla todo Londres.

—¿Habla usted por sí mismo o está refiriendo lo que dice el *Daily Newmonger*? —interrogó Poirot con ánimo de puntualizar.

—El periódico entró a último momento en prensa y se contentó con narrar hechos escuetos. A mí me han impresionado en seguida las posibilidades dramáticas del suceso.

Poirot aprobó pensativo mis palabras.

—Dondequiera que exista la naturaleza humana existe el drama. Sólo que no siempre es como uno se lo imagina. Recuérdelo. Sin embargo, me interesa ese caso porque es posible que me vea relacionado con él.

—¿De verdad?

—Sí. Esta mañana me llamó por teléfono un caballero para solicitar una entrevista en nombre del príncipe Paul de Mauritania.

—Pero ¿qué tiene eso que ver con lo ocurrido?

—Usted no lee todos nuestros periódicos. Me refiero a esos que relatan acontecimientos escandalosos y que comienzan por: "Nos cuenta un ratoncito..." o "A un pajarito le gustaría saber...". Vea esto.

Yo seguí el párrafo que me señalaba con el grueso índice.

—...desearíamos saber si el príncipe extranjero y la famosa bailarina poseen en realidad afinidades y, ¡si a la dama le gustaba la nueva sortija de diamantes!

—Bueno, continúe su historia. Quedamos en que mademoiselle Sinclair se desmayó en Daisymead sobre la alfombra del salón, ¿lo recuerda?

Yo me encogí de hombros.

—Como resultado de sus palabras, los dos Oglander salieron; uno en busca de un médico que asistiera a la dama, que sufría una terrible conmoción nerviosa, y el otro a la Jefatura de policía, desde donde, tras contar lo ocurrido, los acompañó a Mon Désir, la magnífica villa de mister Reedburn, que se halla a corta distancia de Daisymead. Allí encontraron al gran hombre, que, dicho sea de paso, goza de mala fama, tendido en la mitad de la biblioteca con la cabeza abierta.

—Yo he criticado su estilo —dijo Poirot con afecto—. Perdóneme, se lo ruego. ¡Oh, aquí tenemos al príncipe!

Nos anunciaron al distinguido visitante con el nombre de conde Feodor. Era un joven alto, extraño, de barbilla débil, con la famosa boca de los Mauranberg y los ojos ardientes y oscuros de un fanático.

—¿Monsieur Poirot?

Mi amigo se inclinó.

—Monsieur, me encuentro en un apuro tan grande que no puede expresarse con palabras...

Poirot hizo un ademán de inteligencia.

—Comprendo su ansiedad. Mademoiselle Sinclair es una amiga querida, ¿no es cierto?

El príncipe repuso sencillamente:

—Confío en que será mi mujer.

Poirot se incorporó con los ojos muy abiertos.

El príncipe continuó:

—No seré yo el primero de la familia que contraiga matrimonio morganático. Mi hermano Alejandro ha desafiado también las iras del Emperador. Hoy vivimos en otros tiempos, más adelantados, libres de prejuicios de casta. Además, mademoiselle Sinclair es igual a mí, posee rango. Supongo que conocerá su historia, o por lo menos una parte de ella.

—Corren por ahí, en efecto, muchas románticas versiones de su origen. Dicen unos que es hija de una irlandesa gitana; otros, que su madre es una aristócrata, una gran duquesa rusa.

—La primera versión es una tontería, desde luego —repuso el príncipe—. Pero la segunda es verdadera. Aunque está obligada a guardar el secreto, Valerie me ha dado a entender eso. Además, lo demuestra, sin darse cuenta, y yo creo en la ley de herencia, monsieur Poirot.

—También yo creo en ella —repuso Poirot, pensativo—. Yo, *moi qui vous parle*, he presenciado cosas muy raras... Pero vamos a lo que importa, monsieur *le Prince*. ¿Qué quiere de mí? ¿Qué es lo que teme? Puedo hablar con franqueza, ¿verdad? ¿Se hallaba relacionada mademoiselle de algún modo con ese crimen? Porque conocía a mister Reedburn, naturalmente...

—Sí. Él confesaba su amor por ella.

—¿Y ella?

—Ella no tenía nada que decirle.

Poirot le dirigió una mirada penetrante.

—Pero, ¿le temía? ¿Tenía motivos?

El joven titubeó.

—Le diré... ¿Conoce a Zara, la vidente?

—No.

—Es maravillosa. Consúltela cuando tenga tiempo. Valerie y yo fuimos a verla la semana pasada. Y nos echó las cartas. Habló a Valerie de unas nubes que asomaban en el horizonte y le predijo males inminentes; luego volvió la última carta. Era el rey de trébol. Dijo a Valerie: "Tenga mucho cuidado. Existe un hombre que la tiene en su poder. Usted le teme, se expone a un gran peligro. ¿Sabe de quién le hablo?". Valerie estaba blanca hasta los labios. Hizo un gesto afirmativo y contestó: "Sí, sí, lo sé". Las últimas palabras de Zara a Valerie fueron: "Cuidado con el rey de trébol. ¡Le amenaza un peligro!". Entonces la interrogué. Me aseguró que todo iba bien y no quiso confiarme nada. Pero ahora, después de lo ocurrido la noche pasada, estoy seguro de que Valerie vio a Reedburn en el rey de trébol y de que él era el hombre a quien temía.

El príncipe guardó brusco silencio.

—Ahora comprenderá mi agitación cuando abrí el periódico esta mañana. Suponiendo que en un ataque de locura, Valerie... pero no, ¡es imposible...!, ¡no puedo concebirlo, ni en sueños!

Poirot se levantó del sillón y dio unas palmaditas afectuosas en el hombro del joven.

—No se aflija, se lo ruego. Déjelo todo en mis manos.

—¿Irá a Streatham? Sé que está en Daisymead, postrada por la conmoción sufrida.

—Iré en seguida.

—Ya lo he arreglado todo por medio de la Embajada. Tendrá usted acceso a todas partes.

—Marchemos entonces. Hastings, ¿quiere acompañarme? *Au revoir, monsieur le Prince!*

Mon Désir era una preciosa villa moderna y cómoda. Una calzada para coches conducía a ella y detrás de la casa tenía un terreno de varias hectáreas de magníficos jardines.

En cuanto mencionamos al príncipe Paul, el mayordomo que nos abrió la puerta nos llevó al instante al lugar de la tragedia. La biblioteca era una habitación magnífica que ocupaba toda la fachada del edificio con una ventana a cada extremo, de las cuales una daba a la calzada y otra a los jardines. El cadáver yacía junto a esta última. No hacía mucho que se lo habían llevado después de concluir su examen la policía.

—¡Qué lástima! —murmuré al oído de Poirot—. La de pruebas que habrán destruido.

Mi amigo sonrió.

—¡Eh, eh! ¿Cuántas veces habré de decirle que las pruebas vienen de dentro? En las pequeñas células grises del cerebro es donde se halla la solución de cada misterio.

Se volvió al mayordomo y preguntó:

—Supongo que a excepción del levantamiento del cadáver no se habrá tocado la habitación.

—No, señor. Se halla en el mismo estado que cuando llegó la policía anoche.

—Veamos. Veo que esas cortinas pueden correrse y que ocultan el alféizar de la ventana. Lo mismo sucede con las cortinas de la ventana opuesta. ¿Estaban corridas anoche también?

—Sí, señor. Yo verifico la operación todas las noches.

—Entonces, ¿debió descorrerlas el propio Reedburn?

—Así parece, señor.

—¿Sabía usted que esperaba visita?

—No me lo dijo, señor. Pero dio orden de que no se le molestase después de la cena. Ve, señor, por esa puerta se sale de la biblioteca a una terraza lateral. Quizá dio entrada a alguien por ella.

—¿Tenía por costumbre hacerlo así?

El mayordomo tosió discretamente.

—Creo que sí, señor.

Poirot se dirigió a aquella puerta. No estaba cerrada con llave. En vista de ello salió a la terraza que iba a parar a la calzada sita a su derecha; a la izquierda se levantaba una pared de ladrillo rojo.

—Al otro lado está el huerto, señor. Más allá hay otra puerta que conduce a él, pero permanece cerrada desde las seis de la tarde.

Poirot entró en la biblioteca seguido del mayordomo.

—¿Oyó algo de los acontecimientos de anoche? —preguntó Poirot.

—Oímos, señor, voces, una de ellas de mujer, en la biblioteca, poco antes de dar las nueve. Pero no era un hecho extraordinario. Luego, cuando nos retiramos al vestíbulo de servicio que está a la derecha del edificio, ya no oímos nada, naturalmente. Y la policía llegó a las once en punto.

—¿Cuántas voces oyeron?

—No sabría decírselo, señor. Sólo reparé en la voz de mujer.

—¡Ah!

—Perdón, señor. Si desea ver al doctor Ryan está aquí todavía.

La idea nos pareció de perlas y poco después se reunió con nosotros el doctor, hombre de edad madura, muy jovial, que proporcionó a Poirot los informes que solicitaba. Se encontró a Reedburn tendido cerca de la ventana con la cabeza apoyada en el poyo de mármol adosado a aquélla. Tenía dos heridas: una entre ambos ojos; otra, la fatal, en la nuca.

—¿Yacía de espaldas?

—Sí. Ahí está la prueba.

El doctor nos indicó una pequeña mancha negra que había en el suelo.

—¿Y no pudo ocasionarle la caída el golpe que recibió en la cabeza?

—Imposible. Porque el arma, sea cualquiera que fuese, penetró en el cráneo.

Poirot miró pensativo el vacío. En el vano de cada ventana había un asiento, esculpido, de mármol cuyas armas representaban la cabeza de un león. Los ojos de Poirot se iluminaron.

—Suponiendo que cayera de espaldas sobre esta cabeza saliente de león y que de ella resbalase hasta el suelo, ¿podría haberse abierto una herida como la que usted describe?

—Sí, es posible. Pero el ángulo en que yacía nos obliga a considerar esa teoría imposible. Además, hubiera dejado huellas de sangre en el asiento de mármol.

—Sí, contando con que no se hayan borrado.

El doctor se encogió de hombros.

—Es improbable. Sobre todo porque no veo qué ventaja puede aportar convertir un accidente en un crimen.

—No, claro está. ¿Qué le parece? ¿Pudo asestar una mujer uno de los dos golpes?

—Oh, no, señor. Supongo que está pensando en mademoiselle Sinclair.

—No pienso en ninguna persona determinada —repuso con acento suave Poirot.

Concentró su atención en la ventana abierta mientras decía el doctor:

—Mademoiselle Sinclair huyó por allí. Vean cómo se divisa Daisymead por entre los árboles. Naturalmente, que hay muchas otras casas en la carretera, frente a ésta, pero Daisymead es la única visible por este lado.

—Gracias por sus informes, doctor —dijo Poirot—. Venga, Hastings. Vamos a seguir los pasos de mademoiselle.

Echó a andar delante de mí y en este orden pasamos por el jardín, dejando atrás la verja de hierro y llegamos, también por la puerta del jardín, a Daisymead, finca poco ostentosa, que poseía media hectárea de terreno. Un pequeño tramo de escalera conducía a la puerta de cristales a la francesa. Poirot me la indicó con el gesto.

—Por ahí entró anoche mademoiselle Sinclair. Nosotros no tenemos ninguna prisa y lo haremos por la puerta principal.

La doncella que nos abrió la puerta nos llevó al salón, donde nos dejó para ir en busca de mistress Oglander. Era evidente que no se había limpiado la habitación desde el día anterior, porque el hogar estaba todavía lleno de cenizas y la mesa de bridge colocada en el centro con una jota boca arriba y varias manos de naipes puestas aún sobre el tablero. Vimos a nuestro alrededor innumerables objetos de adorno y unos cuantos retratos de familia de una fealdad sorprendente, colgados de las paredes.

Poirot los examinó con más indulgencia que la que mostré yo, enderezando uno o dos que se habían ladeado.

—¡Qué lazo tan fuerte el de la *famille*! El sentimiento ocupa en ella el lugar de la estética.

Yo asentí a estas palabras sin separar la vista de un grupo fotográfico compuesto de un caballero con patillas, de una señora de moño alto, de un muchacho fornido y de dos muchachas adornadas con una multitud de lazos innecesarios. Suponiendo que era la familia Oglander de los tiempos pasados la contemplé con interés.

En este momento se abrió la puerta del salón y entró en él una mujer joven. Llevaba bien peinado el cabello oscuro y vestía un jersey y una falda a cuadros.

Poirot avanzó unos pasos como respuesta a una mirada de interrogación de la recién llegada.

—¿Miss Oglander? —dijo—. Lamento tener que molestarla... sobre todo después de lo ocurrido. ¡Ha sido espantoso!

—Sí, y nos tiene a todos muy trastornados —confesó la muchacha sin demostrar emoción.

Yo empezaba a creer que los elementos del drama pasaban inadvertidos para miss Oglander, que su falta de imaginación era superior a cualquier tragedia y me confirmó en esta creencia su actitud, cuando continuó diciendo:

—Disculpen el desorden de la habitación. Los sirvientes están muy excitados.

—¿Es aquí donde pasaron ustedes la velada anoche, *n'est ce pas*?

—Sí, jugábamos al bridge después de cenar cuando...

—Perdón. ¿Cuánto hacía que jugaban ustedes?

—Pues... —miss Oglander reflexionó— la verdad es que no lo recuerdo. Supongo que comenzamos a las diez.

—¿Dónde estaba usted sentada?

—Frente a la puerta de cristales. Jugaba con mi madre y acababa de echar una carta. De súbito, sin previo aviso, se abrió la puerta y entró miss Sinclair tambaleándose en el salón.

—¿La reconoció?

—Me di vaga cuenta de que su rostro me era familiar.

—Sigue aquí, ¿verdad?

—Sí, pero está postrada y no quiere ver a nadie.

—Creo que me recibirá. Dígale que vengo a petición del príncipe Paul de Mauritania.

Me pareció que el nombre del príncipe alteraba la calma imperturbable de miss Oglander. Pero salió sin hacer comentarios del salón y volvió casi en seguida para comunicarnos que mademoiselle nos esperaba en su dormitorio.

La seguimos y por la escalera llegamos a una bonita habitación, bien iluminada, empapelada de color claro. En un diván, junto a la ventana, vimos a una señorita que volvió la cabeza al hacer nuestra entrada. El contraste que ella y miss Oglander ofrecían me llamó en seguida la atención, pues si bien en las facciones y en el color del cabello se parecían, ¡qué diferencia tan notable existía entre las dos! La palabra, el gesto de Valerie Sinclair constituían un poema. De ella se desprendía un aura romántica. Vestía una prenda muy casera, una bata de franela encarnada que le llegaba a los pies, pero el encanto de su personalidad dábale un sabor exótico y semejaba una vestidura oriental de encendido color.

En cuanto entró Poirot, fijó sus grandes ojos en él.

—¿Vienen de parte de Paul? —su voz armonizaba con su aspecto, era lánguida y llena.

—Sí, mademoiselle. Estoy aquí para servir a él... y a usted.

—¿Qué es lo que desea saber?

—Todo lo que sucedió anoche, ¡absolutamente todo!

La bailarina sonrió con visible expresión de cansancio.

—¿Supone que voy a mentir? No soy tan estúpida. Veo con claridad que no debo ocultarle nada. Ese hombre, me refiero al que ha muerto, poseía un secreto mío y me amenazaba con él. En bien de Paul traté de llegar a un acuerdo con él. No podía arriesgarme a perder al príncipe. Ahora que ha muerto me siento segura, pero no lo maté.

Poirot meneó la cabeza, sonriendo.

—No es necesario que lo afirme, mademoiselle —dijo—. Cuénteme lo que sucedió la noche pasada.

—Parecía dispuesto a hacer un trato conmigo y le ofrecí dinero. Me citó en su casa a las nueve en punto. Yo conocía ya Mon Désir, había estado en ella. Debía entrar en la biblioteca por la puerta falsa para que no me vieran los criados.

—Perdón, mademoiselle, pero ¿no tuvo miedo de ir allí sola y por la noche?

¿Lo imaginé o Valerie hizo una pausa antes de contestar?

—Sí, es posible. Pero no podía pedir a nadie que me acompañara y estaba desesperada. Reedburn me recibió en la biblioteca. ¡Celebro que haya muerto! ¡Oh, qué hombre! Jugó conmigo como el gato y el ratón. Me puso los nervios en tensión. Yo le rogué, le supliqué de rodillas, le ofrecí todas mis joyas. ¡Todo en vano! Luego me dictó sus condiciones. Ya adivinará las que fueron. Me negué a complacerle. Le dije lo que pensaba de él, rabié, me encolericé. Él sonreía sin perder la calma. Y de pronto, en un momento de silencio, sonó algo en la ventana, tras la cortina corrida. Reedburn lo oyó también. Se acercó a ella, y la descorrió rápidamente. Detrás había un hombre escondido, era un vagabundo de feo aspecto. Atacó a mister Reedburn, al que dio primero un golpe... luego otro. Reedburn cayó al suelo. El vagabundo me asió entonces con la mano cubierta de sangre, pero yo me desasí, me deslicé al exterior por la ventana y corrí para salvar la vida. En aquel momento distinguí las luces de esta casa y a ella me encaminé. Los visillos estaban descorridos y vi que los habitantes de la casa jugaban al bridge. Yo entré, tropezando, en el salón. Recuerdo que pude gritar: "asesinado", y luego caí al suelo y ya no vi nada...

—Gracias, mademoiselle. El espectáculo debió constituir un gran choque para su sistema nervioso. ¿Podría describirme al vagabundo? ¿Recuerda lo que llevaba puesto?

—No. Fue todo tan rápido... Pero su rostro está grabado en mi pensamiento y estoy segura de conocerle en cuanto le vea.

—Una pregunta todavía, mademoiselle. ¿Estaban corridas las cortinas de la otra ventana, de la que mira a la calzada?

En el rostro de la bailarina se pintó por vez primera una expresión de perplejidad. Pero trató de recordar con precisión.

—¿Eh *bien*, mademoiselle?

—Creo... casi estoy segura... ¡sí, segurísima!, de que no estaban corridas.

—Es curioso, sobre todo estando corridas las primeras. No importa, la cosa tiene poca importancia. ¿Permanecerá todavía aquí mucho tiempo, mademoiselle?

—El doctor cree que mañana podré volver a la ciudad.

Valerie miró a su alrededor. Miss Oglander había salido.

—Estas gentes son muy amables, pero... no pertenecen a mi esfera. Yo las escandalizo... bien, no simpatizo con la *bourgeoisie*.

Sus palabras tenían un matiz de amargura.

Poirot repuso:

—Comprendo y confío en que no la habré fatigado con mis preguntas.

—Nada de eso, monsieur. No deseo más sino que Paul lo sepa todo lo antes posible.

—Entonces, ¡muy buenos días, mademoiselle!

Antes de salir Poirot de la habitación se paró y preguntó señalando un par de zapatos de piel.

—¿Son suyos, mademoiselle?

—Sí. Ya están limpios. Me los acaban de traer.

—¡Ah! —exclamó Poirot mientras bajábamos la escalera—. Los criados estaban muy excitados, pero por lo visto no lo están para limpiar un par de zapatos. Bien, *mon ami*, el caso me pareció interesante, de momento, pero se me figura que se está concluyendo.

—Pero ¿y el asesino?

—¿Cree que Hércules Poirot se dedica a la caza de vagabundos? —replicó con acento grandilocuente el detective.

Al llegar al vestíbulo nos tropezamos con miss Oglander que salía a nuestro encuentro.

—Háganme el favor de esperar en el salón. Mamá quiere hablar con ustedes —nos dijo.

La habitación seguía sin arreglar y Poirot tomó la baraja y comenzó a barajar los naipes al azar con sus manos pequeñas y bien cuidadas.

—¿Sabe lo que pienso, amigo mío?

—¡No! —repuse ansiosamente.

—Pues que miss Oglander hizo mal en no echar un triunfo. Debió poner sobre la mesa el tres de picas.

—¡Poirot! Es usted el colmo.

—*Mon Dieu*! No voy a estar siempre hablando de rayos y de sangre.

De repente olfateó el aire y dijo:

—Hastings, Hastings, mire. Falta el rey de trébol de la baraja.

—¡Zara! —exclamé.

—¿Cómo?

De momento Poirot no comprendió mi alusión. Maquinalmente guardó las barajas, ordenadas, en sus cajas. Su rostro asumía una expresión grave.

—Hastings —dijo por fin—. Yo, Hércules Poirot, he estado a punto de cometer un error, un gran error.

Le miré impresionado, pero sin comprender.

Le interrumpió la entrada en el salón de una hermosa señora de alguna edad que llevaba un libro de cuentas en la mano. Poirot le dedicó un galante saludo.

La dama le preguntó:

—Según tengo entendido, es usted amigo de... miss Sinclair.

—Precisamente su amigo, no, señora. He venido de parte de un amigo.

—Ah, comprendo. Me pareció que...

Poirot señaló bruscamente la ventana y dijo, interrumpiéndola:

—¿Anoche tenían ustedes corridos los visillos?

—No, y supongo que por eso vio luz miss Sinclair y se orientó.

—Anoche estaba la luna llena. ¿Vio usted a miss Sinclair, sentada como estaba delante de la ventana?

—No, porque me abstraía el juego. Además porque, naturalmente, nunca nos ha sucedido nada parecido a esto.

—Lo creo, madame. Mademoiselle Sinclair proyecta marcharse mañana.

—¡Oh! —el rostro de la dama se iluminó.

—Le deseo muy buenos días, madame.

Una criada limpiaba la escalera cuando salimos por la puerta principal de la casa. Poirot dijo:

—¿Fue usted la que limpió los zapatos de la señora forastera?

La doncella meneó la cabeza.

—No, señor. No creo tampoco que haya que limpiarlos.

—¿Quién los limpió entonces? —pregunté a Poirot mientras bajábamos por la calzada.

—Nadie. No estaban sucios.

—Concedo que por bajar por el camino o por un sendero, en una noche de luna, no se ensucien, pero después de hollar con ellos la hierba del jardín se manchan y ensucian.

—Sí, estoy de acuerdo —repuso Poirot con una sonrisa singular.

—Entonces...

—Tenga paciencia, amigo mío. Vamos a volver a Mon Désir.

El mayordomo nos vio llegar con visible sorpresa, pero no se opuso a que volviéramos a entrar en la biblioteca.

—Oiga, Poirot, se equivoca de ventana —exclamé al ver que se aproximaba a la que daba sobre la calzada de coches.

—Me parece que no. Vea —repuso indicándome la cabeza marmórea del león en la que vi una mancha oscura.

Poirot levantó un dedo y me mostró otra parecida en el suelo.

—Alguien asestó a Reedburn un golpe, con el puño cerrado, entre los dos ojos. Cayó hacia atrás sobre la protuberante cabeza de mármol y a continuación resbaló hasta el suelo. Luego le arrastraron hasta la otra ventana y allí le dejaron, pero no en el mismo ángulo como observó el doctor.

—Pero ¿por qué? No parece que fuera necesario.

—Por el contrario, era esencial. Y también es la clave de la identidad del asesino aunque sepa usted que no tuvo intención de matar a Reedburn y que por ello no podemos tacharle de criminal. ¡Debe poseer mucha fuerza!

—¿Porque pudo arrastrar a Reedburn por el suelo?

—No. Éste es un caso muy interesante. Pero me he portado como un imbécil.

—¿De manera que se ha terminado, que ya sabe usted todo lo sucedido?

—Sí.

—¡No! —exclamé recordando algo de repente—. Todavía hay algo que ignora.

—¿Qué es ello?

—Ignora dónde se halla el rey de trébol.

—¡Bah! Pero qué tontería. ¡Qué tontería, *mon ami*!

—¿Por qué?

—Porque lo tengo en el bolsillo.

Y, en efecto, Poirot lo sacó y me lo mostró.

—¡Oh! —dije alicaído—. ¿Dónde lo ha encontrado? ¿Acaso aquí?

—No tiene nada de sensacional. Estaba dentro de la caja de la baraja. No la utilizaron.

—¡Hum! De todas maneras sirvió para darle alguna idea, ¿verdad?

—Sí, amigo mío. Y ofrezco mis respetos a Su Majestad.

—Y ¡a madame Zara!

—Ah, sí, también a esa señora.

—Bueno, ¿qué piensa hacer ahora?

—Volver a Londres. Pero antes de ausentarme deseo decirle dos palabras a una persona que vive en Daisymead.

La misma doncella nos abrió la puerta.

—Están en el comedor, señor. Si desea ver a miss Sinclair se halla descansando.

—Deseo ver a mistress Oglander. Haga el favor de llamarla. Es cuestión de un instante.

Nos condujeron al salón y allí esperamos. Al pasar por delante del comedor distinguí a la familia Oglander, acrecentada ahora por la presencia de dos fornidos caballeros, uno afeitado, otro con barba y bigote.

Poco después entró mistress Oglander en el salón mirando con aire de interrogación a Poirot, que se inclinó ante ella.

—Madame, en mi país sentimos suma ternura, un gran respeto por la madre. La *mère de famille* es todo para nosotros —dijo.

Mistress Oglander le miró con asombro.

—Y esta única razón es la que me trae aquí, en estos momentos, pues deseo disipar su ansiedad. No tema, el asesino de mister Reedburn no será descubierto. Yo, Hércules Poirot, se lo aseguro a usted. ¿Digo bien o es la ansiedad de una esposa la que debo calmar?

Hubo un momento de silencio en el que mistress Oglander dirigió a Poirot una mirada penetrante. Por fin repuso en voz baja:

—No sé lo que quiere decir pero, sí, dice usted bien sin duda.

Poirot hizo un gesto con el rostro grave.

—Eso es, madame. No se inquiete. La policía inglesa no posee los ojos de Hércules Poirot.

Así diciendo dio un golpecito sobre el retrato de la familia que pendía de la pared e interrogó:

—¿Usted tuvo dos hijas, madame? ¿Ha muerto una de ellas?

Hubo una pausa durante la cual mistress Oglander volvió a dirigir una mirada profunda a mi amigo. Luego respondió:

—Sí, ha muerto.

—¡Ah! —exclamó Poirot vivamente—. Bien, vamos a volver a la ciudad. Permítame que le devuelva el rey de trébol y que lo coloque en la caja. Constituye su único resbalón. Comprenda que no se puede jugar al bridge, por espacio de una hora, con únicamente cincuenta y una cartas para cuatro personas. Nadie que sepa jugar creerá en su palabra. *Bonjour*!

—Y ahora, amigo mío, ¿se da cuenta de lo ocurrido? —me dijo cuando emprendimos el camino de la estación.

—¡En absoluto! —contesté—. ¿Quién mató a Reedburn?

—John Oglander, hijo. Yo no estaba seguro si había sido él o su padre, pero me pareció que debía ser el hijo el culpable por ser el más joven y el más fuerte de los dos. Asimismo tuvo que ser culpable uno de ellos a causa de las ventanas.

—¿Por qué?

—Mire, la biblioteca tiene cuatro salidas: dos puertas, dos ventanas; y de éstas eligió una sola. La tragedia se desarrolló delante de una ventana que lo mismo que las dos puertas da, directa o indirectamente, a la parte de delante de la casa. Pero se simuló que se había desarrollado ante la ventana que cae sobre la puerta de atrás para que pareciera pura casualidad que Valerie eligiera Daisymead como refugio. En realidad, lo que sucedió fue que se desmayó y que John se la echó sobre los hombros. Por eso dije y ahora afirmo que posee mucha fuerza.

—¿De modo que los hermanos se dirigieron juntos a Mon Désir?

—Sí. Recordará la vacilación de Valerie cuando le pregunté si no tuvo miedo de ir sola a casa de Reedburn. John Oglander la acompañó, suscitando la cólera de Reedburn, si no me engaño. El tercero disputó y probablemente un insulto dirigido por el dueño de la casa a Valerie motivó que Oglander le pegase un puñetazo. Ya conoce el resto.

—Pero ¿por qué motivo le llamó la atención la partida de bridge?

—Porque para jugar a él se requieren cuatro jugadores y únicamente tres personas ocuparon, durante la velada, el salón.

Yo seguía perplejo.

—Pero ¿qué tienen que ver los Oglander con la bailarina Sinclair? —pregunté—. No acabo de comprenderlo.

—Amigo, me maravilla que no se haya dado cuenta, a pesar de que miró con más atención que yo la fotografía de la familia que adorna la pared del salón. No dudo de que para dicha familia haya muerto la hija segunda de mistress Oglander, pero el mundo la conoce ¡con el nombre de Valerie Sinclair!

—¿Qué?

—¿De veras no se ha dado cuenta del parecido de las dos hermanas?

—No —confesé—. Por el contrario, me dije que no podían ser más distintas.

—Es porque, querido Hastings, su imaginación se halla abierta a las románticas impresiones exteriores. Las facciones de las dos son idénticas lo mismo que el color de sus ojos y cabello. Pero lo más gracioso es que Valerie se avergüenza de los suyos y que los suyos se avergüenzan de ella. Sin embargo, en un momento de peligro pidió ayuda a su hermano y cuando las cosas adoptaron un giro desagradable y amenazador todos se unieron de manera notable. ¡No hay ni existe nada tan maravilloso como el amor de la familia! Y ésta sabe representar. De ella ha sacado Valerie su talento. ¡Yo, lo mismo que el príncipe Paul, creo en la ley de la herencia! Ellos me engañaron. Pero por una feliz casualidad y una pregunta dirigida a mistress Oglander que contradecía la explicación, acerca de cómo estaban sentados alrededor de la mesa de bridge, que nos hizo su hija, no salió Hércules Poirot chasqueado.

—¿Qué dirá usted al príncipe?

—Que Valerie no ha cometido ese crimen y que dudo mucho de que pueda llegar a darse con el vagabundo asesino. Asimismo que transmita mis cumplidos a Zara. ¡Qué curiosa coincidencia! Me parece que voy a ponerle a este pequeño caso un título: "La aventura del rey de trébol". ¿Le gusta, amigo mío?

EL ROBO DE LOS PLANOS DEL SUBMARINO

Un muchacho mensajero trajo una carta que Poirot leyó en silencio, y mientras leía asomaba a sus ojos el brillo del interés y de la emoción. Después de despedir al mensajero con breves frases se volvió a mirarme.

—Corra, amigo, haga la maleta. Nos vamos a Sharples.

Yo di un salto al oírle mencionar la famosa residencia campestre de lord Alloway. Presidente del recién formado Ministerio de Defensa, lord Alloway era miembro distinguido del gabinete.

Con el nombre de sir Ralp Curtis, director de una gran empresa de ingeniería, había pasado por la Cámara de los Comunes y se decía ahora de él que era un hombre de porvenir y que probablemente se le llamaría a formar gobierno en el caso que resultasen fundados los rumores que corrían acerca del mal estado de salud de mister David Mac Adam.

Un hermoso Rolls Royce nos aguardaba a la puerta y mientras corríamos en la oscuridad, abrumé con mis preguntas a Poirot.

—Son más de las once —le dije—. ¿Para qué nos llaman a esta hora avanzada de la noche?

Poirot meneó la cabeza.

—Debe tratarse de algo muy urgente sin duda —repuso.

—Recuerdo —expliqué— que la conducta seguida por Ralp Curtis con relación a determinadas acciones dio lugar a un escándalo formidable. Al final se le declaró inocente de la acusación que se le hacía, pero no es improbable que vuelva a repetirse ahora el hecho, o que haya sucedido algo por el estilo.

—No creo que me llamasen, aunque así fuera, a hora tan intempestiva —repuso mi amigo.

Callé porque tenía razón y continuamos el viaje en medio del mayor silencio. Una vez fuera de la ciudad, el coche redobló la velocidad y en menos de lo que se cuenta llegamos a Sharples.

Un mayordomo, ceremoniosamente, nos condujo al punto al pequeño estudio donde nos aguardaba lord Alloway. Al vernos, el digno caballero se puso en pie de un salto lleno de vigor y de vitalidad.

—Encantado de volver a verle, monsieur Poirot —dijo a mi amigo—. Ésta es la segunda vez que necesita el gobierno de su servicio. Recuerdo muy bien lo que hizo por nosotros durante la guerra y cómo logró liberar al primer ministro de su secuestro, verificado de manera tan hábil. Sus magníficas deducciones y su descripción, permítame que lo diga así, despejaron la situación.

Poirot parpadeó un poco.

—¿Puedo deducir de esto, milord, que va a ofrecerme la solución de un caso parecido?

—Sí, señor. Sir Harry y yo... oh, permítanme que les presente. Sir Harry Weardale, Primer Lord del Almirantazgo... Monsieur Poirot... y el capitán...

—Hastings —dije yo.

—He oído hablar de usted con elogio, monsieur Poirot —dijo sir Harry estrechándonos la mano—. Nos encontramos frente a un problema insoluble al parecer, y si acierta usted a resolverlo le quedaremos por siempre extraordinariamente agradecidos.

El primer lord era un marino, cuadrado de hombros, de la antigua escuela, que se granjeó al momento toda mi simpatía.

Poirot les dirigió una mirada de interrogación y, Alloway se encargó de darles las explicaciones necesarias.

—Ante todo, monsieur Poirot, dése cuenta de que todo lo que voy a decirle es confidencial. Acabamos de sufrir una pérdida muy grave. Nos han robado los planos del nuevo submarino tipo Z.

—¿Cuándo?

—Esta misma noche, hará cosa de unas tres horas. Supongo que se dará cuenta de la magnitud del desastre, porque es esencial que no se divulgue la noticia de esta pérdida. Mis huéspedes, en estos momentos, están aquí, el almirante, su mujer y su hija y mistress Conrad, una dama muy conocida de la buena sociedad. Las señoras se retiraron temprano a descansar sobre las diez si mal no recuerdo, lo mismo que mister Leonard Meardale. Sir Harry estaba aquí porque quería hablar conmigo de la construcción de este nuevo tipo de submarino. De acuerdo con esto rogué a mister Fitzroy, mi secretario, que sacara los planos de la caja que ve ahí, en el rincón, y que los ordenara junto con varios documentos diversos que tratan del asunto que traemos entre manos.

»Mientras obedecía mis instrucciones, el almirante y yo nos paseábamos por la terraza, fumando y disfrutando del aire tibio de junio. Cuando concluimos de fumar y de charlar decidimos tratar de negocios. Cuando dimos media vuelta, en el extremo opuesto de la terraza, yo creí ver una sombra salir de aquí por la puertaventana, cruzar la terraza y desaparecer. Sin embargo, no presté gran atención al hecho. Sabía que Fitzroy estaba aquí, en esta misma habitación, y no me pasó por la cabeza que pudiera haber ocurrido nada desagradable. Creí mal, naturalmente. Bien, volviendo sobre nuestros pasos, como ya he dicho, entramos en el estudio por la puerta de la terraza en el mismo momento en que entraba Fitzroy por el vestíbulo.

»—¿Tiene ya preparado todo lo que necesitamos, Fitzroy? —pregunté.

»—Sí, lord Alloway —me contestó—. He dejado los papeles encima de la mesa.

»Dicho esto nos dio las buenas noches. Se dispuso a retirarse a su habitación.

»Hice un rápido examen de los papeles.

»—¡Un momento! —exclamé acercándome a la mesa—. Voy a ver si está todo lo que he pensado. ¿Ve, Fitzroy? Se ha olvidado de lo más importante. ¡De los planos del submarino!

»—Están encima de todo, lord Alloway.

»—Nada de eso, no están.

»Fitzroy avanzó unos pasos, aturdido. La cosa parecía increíble. Examinamos todos los documentos que había sobre la mesa; buscamos dentro de la caja de caudales; pero al fin tuvimos que convencernos de que los planos habían desaparecido en el corto espacio de tres minutos en que Fitzroy se ausentó de la habitación.

—¿Por qué salió de ella? —interrogó vivamente intrigado Poirot.

—Eso mismo le pregunté yo —exclamó sir Harry.

—Según parece —explicó lord Alloway— le sobresaltó un grito de mujer que oyó cuando acababa de poner en orden los papeles. Salió corriendo al vestíbulo y encontró allí a la doncella francesa de mistress Conrad. La muchacha estaba pálida y trastornada y dijo que acababa de ver a un fantasma, a una alta figura vestida de blanco que avanzaba sin hacer ruido. Fitzroy se rió de sus temores y le recomendó, en lenguaje más o menos cortés, que no fuera necia. Luego volvió a esta habitación en el momento mismo en que entrábamos por la terraza.

—Todo está muy claro —dijo Poirot pensativo—. Únicamente cabe preguntar: ¿Ha sido la doncella cómplice del robo? ¿Gritó de acuerdo con su aliado que acechaba en la sombra o aguardaba en el exterior la ocasión de poder llegar hasta aquí? Digo aliado porque supongo que sería un hombre y ¿hombre fue, verdad, no mujer lo que usted vio?

—No puedo decirlo, monsieur Poirot. Era como... una sombra.

Aquí el almirante emitió un resoplido tan significativo que no dejó de llamar nuestra atención.

—Se me figura que el señor tiene algo que decir —manifestó con leve sonrisa Poirot—. ¿Vio usted también la sombra, sir Harry?

—No, no la vi... ni tampoco Alloway. Supongo que debió ver la rama de un árbol agitada por el viento y luego, cuando descubrimos el robo, dedujo que había visto pasar una sombra por la terraza. Su imaginación le gastó una broma; esto es todo.

—Nadie ha dicho nunca que yo posea imaginación —dijo lord Alloway con ligera sonrisa.

—¡Bah! Todos la tenemos y todos somos capaces de convencernos de que hemos visto más de lo que en realidad vimos. Yo me paso la vida en el mar y tengo experiencia de estas cosas. Miraba, lo mismo que usted, delante de mí y no vi nada en la terraza.

Parecía tan excitado, que Poirot se puso de pie y se acercó vivamente a la puerta de cristales, dispuesto a centrar la cuestión.

—¿Me permiten? —dijo—. Vamos a dejar sentado este punto si nos es posible.

Salió a la terraza y todos le seguimos. Había sacado una lámpara de bolsillo y paseaba la luz por el borde del césped que ornaba la terraza.

—¿Por dónde cruzó la sombra, milord? —preguntó.

—Por delante de la puerta de cristales.

Poirot siguió manejando la luz unos minutos más yendo y viniendo de aquí para allá hasta que, finalmente, la apagó y enderezó el cuerpo.

—Sir Harry tiene razón, usted se equivoca, milord —dijo tranquilamente—. Ha llovido mucho durante toda la noche y cualquiera que hubiera pisado el césped habría dejado huella. Pero no he visto ninguna pisada, absolutamente ninguna.

Sus ojos fueron del rostro de uno al rostro del otro. Lord Alloway parecía aturdido y poco convencido; el almirante expresó ruidosamente su satisfacción.

—Sabía que no me equivocaba —declaró—. Tengo buena vista.

Tenía un aspecto tan típico del honrado lobo de mar que sonreí sin querer.

—Bien, esto concentra nuestra atención en los demás habitantes de la casa —dijo Poirot sin alzar la voz—. Volvamos dentro. Veamos, milord: mientras mister Fitzroy hablaba con la doncella en la escalera, ¿pudo alguien aprovechar la ocasión para entrar en el estudio por el vestíbulo?

Lord Alloway meneó la cabeza.

—Es absolutamente imposible. Para hacerlo así hubiera tenido que pasar por delante del secretario.

—¿Está usted seguro de mister Fitzroy?

Lord Alloway se puso encarnado.

—Absolutamente, monsieur Poirot. Tengo en él completa confianza. Es imposible que tenga algo que ver con este asunto.

—Todo parece tan imposible —le aseguró con acento seco mi amigo— que lo más probable es que los planos desplegaran unas alas minúsculas y que espontáneamente echasen a volar...

Poirot frunció los labios y sus carrillos asumieron la forma de un cómico querubín.

—En efecto, todo parece imposible —declaró lord Alloway con impaciencia—, pero le ruego, monsieur Poirot, que no sueñe en sospechar de mister Fitzroy. Suponiendo por un momento que hubiera deseado coger esos planos, ¿no le hubiera sido más fácil sacar copia de ellos que tomarse el trabajo de robarlos?

—Su observación es *bien juste*, milord —repuso Poirot con aire de aprobación—, y ya veo que posee una inteligencia metódica y ordenada. *L'Anglaterre* puede sentirse orgullosa de poseerle.

Esta súbita alabanza originó visible embarazo en lord Alloway y Poirot volvió a nuestro asunto.

—Ustedes estuvieron sentados durante toda la noche en...

—¿En el salón? Así es.

—Esa pieza tiene también puerta de cristales que da a la terraza y recuerdo que ha dicho usted que salieron de ella por dicha puerta. ¿Sería posible que alguien les hubiera imitado y que volviera a entrar mientras mister Fitzroy estaba fuera del estudio?

—No, porque en ese caso le hubiéramos visto —repuso el almirante.

—No, si al dirigirse al otro extremo de la terraza volvían la espalda.

—Fitzroy sólo estuvo fuera del estudio unos minutos, o sea lo que nosotros tardamos en llegar al extremo de la terraza y volver.

—No importa... es una posibilidad... la única de que podemos echar mano de momento.

—Pero cuando nosotros salimos del salón no quedó nadie más en él —dijo el almirante.

—Pudo entrar después.

—¿Quiere decir —manifestó lentamente lord Alloway— que cuando Fitzroy oyó gritar a la doncella alguien que estaba escondido en el salón se apresuró a salir tras él y luego entrar por la puerta de cristales y que sólo dejó el salón cuando hubo vuelto al estudio Fitzroy?

—Mente metódica otra vez —dijo Poirot saludando—. Expresa usted lo ocurrido perfectamente.

—¿Quizá fue un criado?

—O un huésped. La que chilló fue la doncella de mistress Conrad. ¿Qué sabe usted de esa señora?

Lord Alloway reflexionó un instante.

—Como ya he dicho, es muy bien vista por la buena sociedad. Da grandes fiestas y reuniones y va a todas partes. Pero en realidad nadie sabe de dónde sale ni conoce su vida pasada. Es una señora que frecuenta el domicilio de los diplomáticos, así como los círculos del Ministerio de Asuntos Exteriores lo más posible. El Servicio Secreto se pregunta: "¿Por qué?".

—Comprendo —dijo Poirot—. ¿Y la han invitado a pasar con ustedes el fin de semana?

—Sí, al objeto de... ¿cómo diría yo...? de poder observarla más de cerca.

—*Parfaitement*! Es posible, no obstante, que se le vuelva la tortilla, como suele decirse.

En el rostro de lord Alloway se pintó la consternación y Poirot continuó:

—Dígame, milord, ¿usted o el almirante han hecho alusión, delante de ella, de lo que pensaban hacer?

—Sí —confesó Alloway—. Sir Harry dijo: "¡Y ahora a trabajar en nuestro submarino!", o algo parecido. Los demás invitados no estaban ya en el salón, pero mistress Conrad había vuelto para buscar un libro.

—Comprendo —murmuró Poirot pensativo—. Milord, es muy tarde, pero el caso urge. Me gustaría interrogar cuanto antes a sus huéspedes.

—Nada más fácil. Sin embargo, le recomiendo que no hable sino lo más preciso. Lady Julieta Weardale y el joven Leonard son de toda confianza, naturalmente, pero aun cuando no sea culpable, mistress Conrad es un factor diferente. Diga que un documento de cierta importancia ha desaparecido sin especificar qué es ni dar explicaciones de las circunstancias en que se verificó su desaparición, ¿entiende?

—Sí. Es precisamente lo que iba a proponer a usted —repuso Poirot con el rostro resplandeciente—. Que monsieur *l'Almiral* me perdone, pero aun la mejor de las esposas...

—No me ofende —dijo sir Harry—. Todas las mujeres hablan de más. ¡Dios las bendiga! Claro que yo desearía que Julieta hablase más y jugase menos al bridge, pero ninguna mujer moderna se siente por lo visto dichosa sin bailes ni sin juegos. Voy a ver si levanto de la cama a Julieta y a Leonard, ¿qué le parece, Alloway?

—Sí, gracias. Yo voy a llamar a la doncella francesa. Monsieur Poirot desea verla y ella puede despertar a su señora. Voy a ocuparme de esto. Entretanto, le enviaré a Fitzroy.

Mister Fitzroy era un joven pálido, usaba lentes y su expresión era glacial. Su declaración fue, palabra por palabra, idéntica a la que ya nos había hecho lord Alloway.

—¿Cuál es su creencia, mister Fitzroy?

El joven se encogió de hombros.

—Creo que es indudable —dijo— que una persona enterada de lo que sucede en esta casa aguardaba fuera una ocasión favorable. Vio lo que sucedía por la puerta de cristales y entró en el estudio en cuanto salí yo de él. Es una lástima que lord Alloway no echara a correr tras él en cuanto le echó la vista encima.

Poirot no quiso desengañarle. En vez de ello interrogó:

—¿Cree en el cuento de la doncella francesa?

—¡No, monsieur Poirot!

—¿No le parece que pudo creer que veía un fantasma en realidad?

—Esto sí que no lo sé. Se llevó las manos a la cabeza y parecía trastornada.

—¡Ajá! —exclamó Poirot con el aire del que acaba de verificar un descubrimiento—. ¿Y es bonita la muchacha?

—La verdad es que no reparé en ello —dijo Fitzroy con acento reprimido.

—¿Vio a su señora?

—Sí, señor, la vi. Estaba arriba, en la galería, y llamó a la doncella: "¡Leonie!". Al verme se retiró.

—¿Sin bajar la escalera? —preguntó Poirot con el ceño fruncido.

—Ya me doy cuenta de lo desagradable que es todo esto para mí... O lo hubiera podido ser si lord Alloway no hubiera visto salir del estudio al ladrón. De todos modos estoy dispuesto a consentir el registro de mi habitación... y de mi persona.

—¿De verdad lo desea?

—Sí, señor, ciertamente.

Ignoro lo que Poirot iba a contestar, porque en aquel mismo momento reapareció lord Alloway para anunciar que las dos señoras y mister Leonard aguardaban en el salón.

Las mujeres llevaban unos saltos de cama que les sentaban bien. Mistress Conrad era una mujer muy bonita, de unos treinta y cinco años, de cabellos dorados y una leve tendencia al *embonpoint*. Lady Julieta Weardale representaba cuarenta años, era alta y morena, muy delgada, bella todavía, con manos y pies exquisitos y un aire inquieto y atormentado. Su hijo era un muchacho algo afeminado, que ofrecía notable contraste con el cordial y varonil autor de sus días.

Poirot dio a los tres la explicación convenida y luego manifestó que sentía el deseo de saber si alguno de ellos había oído o visto algo por la noche que pudiera sernos de utilidad.

Volviéndose primero a mistress Conrad, le preguntó si sería tan amable como para informarle, con exactitud, de cuáles habían sido sus movimientos.

—¿A ver...? Subí la escalera, llamé a la doncella. Luego, como no comparecía, salí de la habitación, llamándola, y la oí hablar en la escalera. Después que me cepilló el cabello la despedí; estaba en un estado particular de nervios y yo me puse a leer un rato antes de meterme en la cama.

—Y ¿usted, lady Julieta, entonces...?

—Me fui directamente a la cama porque estaba muy fatigada.

—Así pues, ¿para qué quería un libro, querida? —dijo mistress Conrad con una suave sonrisa.

—¿Un libro? —lady Julieta se ruborizó.

—Sí, recuerde que cuando yo despedí a Leonie usted subía la escalera. Venía, según dijo, del salón adonde había entrado para buscar un libro.

—Es verdad. Se me había olvidado.

Lady Julieta, inmediatamente unió las manos con visible nerviosismo.

—¿Oyó gritar entonces a la doncella de mistress Conrad, milady?

—No, no la oí.

—No oí nada —repuso lady Julieta con voz mucho más firme.

—Es curioso, porque en aquel momento debía usted hallarse en el salón.

Poirot se volvió al joven Leonard.

—¿Monsieur?

—Yo subí directamente la escalera y entré en mi habitación, de la que ya no volví a salir.

Poirot se atusó el bigote.

—Bien, ya veo que de aquí no sacaremos nada. Señoras, caballeros, lamento infinitamente haberles sacado de su sueño para tan escaso resultado. Acepten mis excusas, por favor.

Gesticulando y excusándose, les hizo salir de la habitación. Luego se encaró con la doncella francesa, una muchacha viva y de rostro despierto. Alloway y Weardale habían ido a acompañar a las señoras.

—Ahora, mademoiselle, sepamos la verdad —dijo—. No me endose ningún cuento, ¿entendido? ¿Por qué chilló en la escalera?

—Ah, monsieur, porque vi una figura alta toda vestida de blanco...

Poirot la hizo callar mediante un ademán enérgico.

—Repito que no me cuente un cuento. Voy a adivinar lo ocurrido y usted me dirá si tengo o no razón. Chilló usted porque él la besó. Me refiero a mister Leonard Weardale.

—Eh *bien*, monsieur, ¿qué es un beso después de todo?

—Una cosa muy natural en estas circunstancias —repuso Poirot con galantería—. Ahora explíqueme lo ocurrido.

—Pues mister Weardale llegó por detrás y me asió por la cintura, yo me sobresalté y lancé un grito. No hubiera chillado si no hubiera llegado así, sigiloso como un gato. Entonces salió monsieur *le secretaire* y monsieur Leonard huyó escaleras arriba. Señores, pónganse en mi caso: ¿qué podía hacer yo, sobre todo, tratándose de un *jeune homme comme ça... tellement comme il faut. Ma foi*, inventé una aparición.

—Ahora todo se explica —exclamó gozoso Poirot—. Y después subió usted a la habitación de su señora, que se halla ¿en qué parte del pasillo del primer piso?

—En un extremo. Por ahí, monsieur.

—Es decir, encima del estudio. Bien, mademoiselle, no la entretengo más. Y la *prochaine fois* no grite.

La acompañó hasta la puerta y luego volvió a mi lado con la sonrisa en los labios.

—¡Qué caso más interesante! ¿No le parece, Hastings? Comienzo a tener varias ideas. ¿Y usted?

—¿Qué hacía Leonard Weardale en la escalera? No me gusta ese muchacho, Poirot. Es un inútil.

—Estoy de acuerdo, *mon ami*.

—En cambio Fitzroy parece hombre honrado.

—Es lo que opina lord Alloway.

—Pero tiene un aspecto...

—...demasiado bueno, ¿verdad? Opino lo mismo. Tampoco creo que sea buena persona nuestra bella amiga mistress Conrad.

—Cuya habitación se halla encima del estudio, no lo olvidemos —insinué dirigiendo a mi amigo una mirada penetrante.

Pero Poirot movió la cabeza y en sus labios se dibujó una leve sonrisa.

—No, *mon ami*. No es posible creer, en serio, que esa inmaculada señora haya bajado a ella por la chimenea o descolgándose por un balcón.

Aquí se abrió la puerta y apareció lady Julieta.

—Monsieur Poirot —dijo visiblemente agitada—. ¿Puedo decirle a solas dos palabras?

—Milady, el capitán Hastings es como mi otro yo. Hable con la misma libertad que si no le tuviera delante. Ante todo, tome asiento.

Milady obedeció sin separar la vista de mi amigo.

—Bien. Lo que tengo que decir es fácil. A usted se le ha encargado por lo visto la solución de este caso. ¿Qué le parece? ¿Se concluiría si le devolviera yo esos planos? ¿Se abstendría después de dirigirme una sola pregunta?

Poirot la miró fijamente.

—No sé si la comprendo bien, madame —respondió—. ¿Quiere decir que se me pondrán los planos en mis manos siempre que al devolvérselos a lord Alloway se abstenga de averiguar su procedencia?

Lady Julieta afirmó con un ademán.

—Eso es —dijo—. Lo que ante todo deseo es que no se dé publicidad al hecho.

—La publicidad no le conviene a lord Alloway —replicó con aire sombrío Poirot.

—Entonces ¿acepta usted? —dijo con visible ansiedad lady Julieta.

—¡Un momento, milady! Mi aceptación dependerá de lo que tarde en poner esos planos en mis manos.

—Los tendrá inmediatamente.

Poirot miró el reloj.

—¿A qué hora exactamente? —preguntó.

—Digamos... dentro de diez minutos —murmuró la dama.

—Acepto, milady.

Lady Julieta salió precipitadamente. Yo lancé un silbido.

—¿Podría hacer un resumen de la situación, Hastings?

—Bridge —contesté brevemente.

—¡Ah, veo que recuerda lo que dijo el almirante! ¡Qué memoria! ¡Le felicito, Hastings!

No dijimos más porque entró lord Alloway mirando a Poirot con aire de interrogación.

—Temo que las respuestas recibidas constituyan una decepción —dijo—. ¿Tiene alguna idea?

—Ninguna, milord. Esas respuestas son, por el contrario, tan esclarecedoras que no necesito perder aquí más tiempo y con su permiso voy a volver en seguida a Londres.

Lord Alloway se quedó asombrado.

—Pero..., pero... ¿qué es lo que ha descubierto? ¿Sabe quién ha cogido los planos?

—Sí, milord, lo sé. Dígame, suponiendo que le devolvieran esos planos anónimamente, ¿dejaría en el acto de hacer averiguaciones?

Lord Alloway le miró sin comprender.

—¿Querrá decir si me avengo a pagar una cantidad determinada?

—No, milord. Los planos serán devueltos inmediatamente sin condiciones.

—Recobrados es, en sí mismo, una gran cosa —repuso lentamente el lord. Pero seguía perplejo.

—Entonces recomiendo a usted, muy en serio, que adopte esa regla de conducta. Únicamente usted, su secretario y el almirante conocen esa pérdida. Únicamente ustedes sabrán que se han restituido los planos. Y puede contar conmigo, que estoy dispuesto a ayudarle en todo...

y a cargar con el peso del misterio. Usted me pidió que le devolviera esos papeles... y lo hago. No necesita saber más. —Levantándose, tendió su mano a lord Alloway—. Milord, celebro haberle conocido. Tengo fe en usted... y en su amor por Inglaterra. Estoy seguro de que presidirá su destino con mano firme.

—Juro a usted, monsieur Poirot, que haré cuanto pueda por ella. Ignoro si es defecto o virtud, pero la verdad es que creo en mí mismo.

—Todos los grandes hombres poseen esa fe —dijo Poirot—. Yo también la tengo —agregó con voz majestuosa.

Poco después se detenía el coche delante de la puerta y lord Alloway se despidió de nosotros con renovada cordialidad.

—Es un gran hombre, Hastings —dijo Poirot cuando arrancamos—. Posee inteligencia, recursos, voluntad. Es el hombre fuerte que Inglaterra necesita para atravesar estos tiempos difíciles de reconstrucción.

—Convengo en ello, Poirot, pero hábleme de lady Julieta. ¿De verdad piensa devolver los documentos a Alloway? ¿Qué pensará cuando sepa que se ha marchado usted sin decir una sola palabra?

—Hastings, voy a dirigirle una pregunta. ¿Por qué no me entregó los planos cuando me habló?

—Porque no los tenía.

—Perfectamente. ¿Cuánto supone usted que le hubiera llevado ir a buscarlos a su habitación o a cualquier lugar de la casa donde los tuviera ocultos? No me contesta. Lo haré yo. ¡Probablemente dos minutos y medio! Sin embargo dijo diez minutos. ¿Por qué? Está claro. Porque tenía que recibirlos de manos de otra persona y que razonar o discutir con ella para que dicha persona se los entregase. Ahora bien: ¿quién era esa persona? Mistress Conrad, no; con seguridad un miembro de su familia, su marido o su hijo. ¿Cuál de los dos supone usted que sería? Leonard Weardale dijo que se fue directamente a la cama después de cenar, aunque sabemos que no es cierto. Vamos a suponer que su madre entró en su habitación y que la halló vacía; vamos a suponer que bajó presa de temor inconfesable, porque conoce bien a su hijo, que no es una monada precisamente. No le halló y más tarde él dijo que no había salido de su habitación. De manera que ella dedujo que era un ladrón y por ello solicitó la entrevista conmigo.

»Pero, *mon ami*, nosotros sabemos algo que ignora lady Julieta. Sabemos que su hijo no estuvo en el estudio porque se hallaba en la escalera cortejando a la linda francesa. De modo que, aunque él no lo sabe, Leonard Weardale tiene su coartada.

—¿Quién robó entonces los documentos? Porque hemos estado eliminando a todo el mundo: a lady Julieta, a su hijo, a mistress Conrad, a la doncella francesa.

—Precisamente. Pero sírvase, se lo ruego, de las células grises, *mon ami*. La solución salta a la vista.

Yo lo negué con un movimiento de cabeza.

—¡Sí! Persevere usted. Vea. Fitzroy sale del estudio y deja los planos sobre la mesa. Poco después entra lord Alloway en la habitación y ve, al acercarse a la mesa, que los planos han desaparecido. Sólo hay dos posibilidades: que Fitzroy no dejara los planos encima de la mesa, sino que se los guardase en el bolsillo, lo que pudo hacer mucho antes y no precisamente en aquella ocasión, o que siguieran estando sobre ella cuando entró el lord, en cuyo caso... fue él quien se los metió en el bolsillo.

—¡Lord Alloway el ladrón! —exclamó asustado—. Pero ¿por qué? ¿Por qué?

—Usted me habló de un escándalo relacionado con su vida pasada, ¿recuerda? Más adelante se reconoció públicamente su inocencia, pero ¿sería cierto el hecho que se le achacaba? Porque todos sabemos que no puede haber escándalo en la vida pública de una persona destacada en

Inglaterra. Y si lo hay y alguien lo saca a relucir, ¡adiós carrera política! Yo supongo que lord Alloway ha sido víctima de un chantaje y que el precio exigido a cambio del silencio del chantajista fueron los planos del submarino.

—Sí, así es, ¡ese hombre es un redomado traidor! —exclamé.

—Oh, no. No lo es. Por el contrario, es hábil y hombre de recursos. Sabemos que es un buen ingeniero, por lo que creo que debió sacar una copia de ellos que alteró levemente para que fueran impracticables. Hecho esto, entregó al agente del enemigo, es decir, a mistress Conrad, los falsos planos y para que no se concibieran sospechas acerca de su autenticidad simuló que se los habían robado. Entretanto, declaró que había visto salir a un hombre del estudio para que las sospechas no recayeran sobre ningún habitante de la casa. Pero aquí tropezó con la obstinación del almirante y por ello defendió con ahínco a su secretario.

—Pero usted se limita a adivinar, Poirot. Es usted muy sagaz.

—Hago uso de la psicología, *mon ami*. Un hombre que hubiera entregado los verdaderos planos no se hubiera mostrado tan escrupuloso. Dígame: ¿por qué no quiso que se dieran explicaciones a mistress Conrad? Porque le había entregado ya, por la tarde, los falsos planos y no quería que se enterase del robo perpetrado más tarde.

—Comienzo a creer que tiene toda la razón —manifesté.

—Pues ¡claro que la tengo! Hablé a Alloway como lo hubiera hecho un gran hombre a otro de su talla y me comprendió perfectamente. Ya lo verá.

Pasó el tiempo. Un día nombraron a lord Alloway primer ministro. Poco después recibió Poirot un cheque al que acompañaba una fotografía firmada con esta dedicatoria: "A mi discreto amigo Hércules Poirot. Alloway".

Hoy el nuevo tipo Z de submarino causa sensación en los centros navales y está llamado a originar una transformación de la guerra moderna. Sé que determinada potencia extranjera trató de construir uno parecido, pero que fracasó rotundamente, mas sigo creyendo que Poirot tan sólo se limitó a adivinar lo ocurrido.

LA AVENTURA DE LA COCINERA

En la época en que compartía mi habitación con Hércules Poirot contraje el hábito de leerle, en voz alta, los titulares del *Daily Blare*, diario de la mañana.

Este periódico sabía sacar siempre un gran partido de los sucesos del día para crear sensación. A sus páginas asomaban a la luz pública robos y asesinatos. Y los grandes caracteres de sus títulos herían la vista ya desde la primera página.

He aquí varios ejemplos:

"Empleado de una casa de banca que huye con unas acciones negociables cuyo valor es de cincuenta mil libras." "El marido mete la cabeza en un horno de gas para escapar a la mísera vida de familia." "Mecanógrafa desaparecida. Era una hermosa muchacha de veinte años." "¿Dónde está Edna Field?"

—Vea, Poirot. Aquí tiene dónde escoger. ¿Qué prefiere: un huidizo empleado de banca, un suicidio misterioso o una muchacha desaparecida?

Pero mi amigo, que estaba de buen humor, movió la cabeza.

—No me atrae ninguno de esos casos, *mon ami* —dijo—. Hoy me inclino a una existencia sosegada. Sólo la solución de un problema interesante me movería a levantarme de este sillón. Tengo que atender asuntos particulares más importantes.

—¿Cómo, por ejemplo...?

—Mi guardarropa, Hastings. Me ha caído una mancha, una sola, Hastings, en el traje nuevo y me preocupa. Luego tengo que dejar en poder de Keatings el abrigo de invierno. Y me parece que voy a recortarme el bigote antes de aplicarle la *pomade*.

—Bueno, ahí tiene un cliente —dije después de asomarme a mirar por la ventana—. Se me figura que no va a poder poner en obra tan fantástico programa. Ya suena el timbre.

—Pues si no se trata de un caso excepcional—repuso Poirot con visible dignidad— que no piense ni por asomo que voy a encargarme de él.

Poco después irrumpió en nuestro sanctasanctórum una señora robusta, de rostro colorado, que jadeaba a causa de su rápida subida por la escalera.

—¿Es usted Hércules Poirot? —preguntó dejándose caer en una silla.

—Sí, madame. Soy Hércules Poirot.

—¡Hum! Qué poco se parece usted al retrato que me habían hecho... —repuso la recién llegada mirándole con cierto desdén—. ¿Ha pagado el artículo encomiástico en que se habla de su talento o lo escribió el periodista por su cuenta y riesgo?

—¡Madame! —dijo incorporándose a medias mi amigo.

—Usted perdone, pero ya sabe lo que son los periódicos de hoy día. Comienza usted a leer un bello artículo titulado: "Lo que dice la novia a la amiga fea", y al final descubre que se trata del anuncio de una perfumería que desea despachar determinada marca de champú. Todo es *bluff*. Pero no se ofenda, ¿eh?, que voy al grano. Deseo que busque a mi cocinera, que ha desaparecido.

Poirot tenía la lengua expedita, mas en esta ocasión no acertó a hacer uso de ella y miraba a la visitante desconcertado. Yo me volví para disimular una sonrisa.

—No sé por qué se entretiene hoy la gente en meter ideas extravagantes en la cabeza de los sirvientes —siguió diciendo la señora—. Les ilusionan con el señuelo de la mecanografía y qué sé yo más. Pero como digo: basta de estratagemas. Me gustaría saber de qué pueden quejarse mis criados que no sólo tienen permiso para salir entre semana, sino también los domingos alternos y festivos, que no tienen que lavar ni tomar margarina porque no la hay en casa. Yo uso siempre mantequilla de primera calidad.

—Temo que comete una equivocación, madame. Yo no dirijo ninguna investigación encaminada a averiguar las condiciones actuales del servicio doméstico. Soy detective particular.

—Ya lo sé —repuso nuestra visitante—. Ya he dicho que deseo que busque a mi cocinera, que salió de casa el miércoles pasado, sin decir una palabra, y que no ha regresado.

—Lo siento, madame, pero yo no me ocupo de esta clase de asuntos. Le deseo muy buenos días.

La visitante lanzó un resoplido de indignación.

—¿Sí, buen amigo? ¿Conque es orgulloso, verdad? ¿Con que sólo se ocupa de secretos de Estado y de las joyas de las condesas? Pues permítame que le diga que una sirvienta tiene tanta importancia como una tiara para una mujer de mi posición. No todas podemos ser señoras elegantes, de coche, cargadas de brillantes y perlas. Una buena cocinera es una buena cocinera, pero cuando la pierdes representa tanto para una como las perlas para cualquier dama de la aristocracia.

La dignidad de Poirot libró batalla con su sentido del humor; finalmente volvió a sentarse y se echó a reír.

—Tiene razón, madame; era yo el equivocado. Sus observaciones son justas e inteligentes. Este caso constituirá para mí una novedad, porque aún no había andado a la caza de una doméstica desaparecida. Éste es, precisamente, el problema de importancia nacional, que yo le pedía a la suerte, cuando llegó usted. *En avant*! Dice usted que la cocinera salió el miércoles de su casa y que todavía no ha vuelto a ella. Y el miércoles fue anteayer...

—Sí, era su día de salida.

—Pues, probablemente, madame, habrá sufrido un accidente. ¿Ha preguntado ya en los hospitales?

—Pensaba hacerlo ayer, pero esta mañana ha mandado pedir el baúl, ¡sin ponerme cuatro líneas siquiera! Si hubiera estado yo en la casa le aseguro que no la hubiera dejado marchar así. Pero había ido a la carnicería.

—¿Quiere darme sus señas?

—Se llama Elisa Dunn y es de edad madura, gruesa, de cabello negro canoso y de aspecto respetable.

—¿Habían reñido ustedes antes?

—No, señor. Y esto es lo raro del caso.

—¿Cuántos criados tiene, madame?

—Dos. Annie, la doncella, es una buena muchacha. Es olvidadiza y tiene la cabeza algo a pájaros, pero es buena sirvienta siempre que se esté encima de ella.

—¿Se avenían ella y la cocinera?

—En general sí, aunque tenían sus altercados de vez en cuando.

—¿Y la doncella no puede arrojar alguna luz sobre el misterio?

—Dice que no, pero ya conoce usted a los sirvientes, se tapan unos a otros.

—Bien, bien, ya veremos esto. ¿Dónde reside, madame?

—En Clapham; Prince Albert Road, número 88.

—Bien, madame, le deseo muy buenos días y cuente con verme en su residencia en el curso del día.

Luego mistress Todd, que así se llamaba la nueva clienta, se despidió de nosotros. Poirot me miró con cierta rudeza.

—Bien, bien, Hastings, éste es un caso nuevo. ¡La desaparición de una cocinera! ¡Seguramente que el inspector Japp no habrá oído jamás cosa parecida!

A continuación calentó una plancha y con ella quitó, con ayuda de un trozo de papel de estraza, la mancha de grasa del nuevo traje gris. Dejando con sentimiento para otro día el arreglo de los bigotes, marchamos en dirección a Clapham.

Prince Albert Road demostró ser una calle de pocas casas, todas exactamente iguales, con ventanas ornadas de cortinas de encajes y llamadores de brillante latón en las puertas. Al pulsar el timbre del número 88 nos abrió la puerta una bonita doncella, vestida pulcramente. Mistress Todd salió al vestíbulo para saludarnos.

—No se vaya, Annie —exclamó—. Este caballero es detective y desea hacerle a usted algunas preguntas.

El rostro de Annie reveló la alarma y una excitación agradable.

—Gracias, madame —dijo Poirot inclinándose—. Me gustaría interrogar a su doncella ahora y sin testigos.

Nos introdujeron en un saloncito, y cuando se fue mistress Todd, a disgusto, comenzó Poirot el interrogatorio.

—*Voyons*, mademoiselle Annie, todo cuanto nos explique revestirá la mayor importancia. Sólo usted puede arrojar alguna luz sobre nuestro caso y sin su ayuda no haremos nada.

La alarma se desvaneció del semblante de la doncella y la agradable excitación se hizo más patente.

—Esté seguro, señor, de que diré todo lo que sé.

—Muy bien —dijo Poirot con el rostro resplandeciente—. Ante todo, ¿qué opina usted? Porque posee una inteligencia notable. ¡Se ve en seguida! ¿Cuál es su explicación de la desaparición de Elisa?

Animada de esta manera, Annie se dejó llevar de una verbosidad abundante.

—Se trata de los esclavistas blancos, señor. Lo he dicho siempre. La cocinera me ponía siempre en guardia contra ellos. "Por caballeros que parezcan —me decía—, no olfatees ningún perfume ni comas ningún dulce de los que te ofrezcan." Éstas fueron sus palabras. Y ahora se han apoderado de ella, estoy segura. Han debido llevársela a Turquía o a uno de esos lugares de Oriente donde, según se dice, gustan de las mujeres entradas en carnes.

—Pero en tal caso, y es admirable su idea, ¿hubiera mandado a buscar el baúl?

—Bien, no lo sé, señor. Pero supongo que aun en aquellos lugares exóticos necesitará ropa.

—¿Quién vino a buscar el baúl? ¿Un hombre?

—Carter Peterson, señor.

—¿Lo cerró usted?

—No, señor. Ya estaba cerrado y atado.

—¡Ah! Es interesante. Eso demuestra que cuando salió el miércoles de casa estaba ya decidida a no volver a ella. Se da cuenta de esto, ¿no?

—Sí, señor. —Annie pareció sorprenderse—. No había caído en ello. Pero aun así puede tratarse de los esclavistas, ¿no cree? —agregó con tristeza.

—¡Claro! —dijo gravemente Poirot—. ¿Duermen ustedes en una misma habitación?

—No, señor. En distintas habitaciones.

—¿Le había dicho Elisa si estaba descontenta de su puesto actual? ¿Se sentían felices las dos aquí?

—La casa es buena —replicó Annie titubeando—. Ella nunca habló de que pensara dejarla.

—Hable con franqueza. No se lo diré a la señora —dijo Poirot con acento afectuoso.

—Bien, la señora es algo difícil, naturalmente. Pero la comida es buena. Y abundante. Se come caliente a la hora de la cena, hay buenos entremeses y se nos da mucha carne de cerdo. Yo estoy segura de que aunque hubiera querido cambiar de casa, Elisa no se hubiera marchado así. Hubiera dado un mes de tiempo a la señora; sobre todo porque de lo contrario no hubiera cobrado el salario.

—¿Y el trabajo es muy duro?

—Bueno, la señora es muy meticulosa y anda buscando siempre polvo por todos los rincones. Además hay que cuidar del pensionista, del huésped, como a sí mismo se llama. Pero únicamente desayuna y cena en casa como el amo. Los dos pasan el día en la City.

—¿Le es simpático el amo?

—Sí, es bueno, muy callado y algo picajoso.

—¿Recuerda, por casualidad, lo último que dijo Elisa antes de salir de casa?

—Sí, lo recuerdo. Dijo: "Esta noche cenaremos una loncha de jamón con patatas fritas. Y luego, melocotón en conserva". La enloquecían los melocotones.

—¿Salía regularmente los miércoles?

—Sí, ella los miércoles y yo los jueves.

Poirot dirigió todavía a Annie varias preguntas y luego se dio por satisfecho. Annie marchóse y entró mistress Todd con el rostro iluminado por la curiosidad. Estaba algo resentida, estoy seguro, de que la hubiéramos hecho salir de la habitación durante nuestra conversación con Annie. Poirot se cuidó, no obstante, de aplacarla con tacto.

—Es difícil—explicó— que una mujer de inteligencia tan excepcional como la suya, madame, soporte con paciencia el procedimiento que nosotros, pobres detectives, tenemos que emplear. Porque tener la paciencia con la estupidez es difícil para las personas de entendimiento vivo.

Habiendo sido disipado el resentimiento que mistress Todd pudiera albergar, hizo recaer la conversación sobre el marido y obtuvo la información de que trabajaba para una firma de la City y de que no llegaría hasta las seis a casa.

—Este asunto debe traerle preocupado e inquieto, ¿no es así?

—Oh, no se preocupa por nada —declaró mistress Todd—. "Bien, bien, toma otra, querida." Esto es todo lo que dijo. Es tan tranquilo que en ocasiones me saca de quicio: "Es una ingrata. Vale más que nos desembaracemos de ella".

—¿Hay otras personas en la casa, mistress Todd?

—¿Se refiere a mister Simpson, el pensionista? Pues tampoco se preocupa de nada mientras se le dé de desayunar y de cenar.

—¿Cuál es su profesión, madame?

—Trabaja en un banco.

Mistress Todd mencionó el nombre y yo me sobresalté recordando la lectura del *Daily Blare*.

—¿Es joven?

—Tiene veintiocho años. Es muy simpático.

—Me gustaría poder hablar con él y también con su marido, si no tienen inconveniente. Volveré por la tarde. Entre tanto, le aconsejo que descanse, madame. Parece fatigada.

Poirot murmuró unas palabras de simpatía y nos despedimos de la buena señora.

—Es una coincidencia curiosa —observé—, pero Davis, el empleado fugitivo, trabajaba en la misma casa de banca que Simpson. ¿Que le parece, existirá alguna relación entre las dos personas?

Poirot sonrió.

—Coloquemos en un extremo al empleado poco escrupuloso y en el otro a la cocinera desaparecida. Es difícil hallar relación entre ambas personas a menos que, si Davis visitaba a Simpson, se hubiera enamorado de la cocinera y la convenciera de que le acompañase en su huida.

Yo reí, pero Poirot conservó la seriedad.

—Pudo escoger peor. Recuerde, Hastings, que cuando se va camino del destierro, una buena cocinera puede proporcionar más consuelo que una cara bonita. —Hizo una pausa momentánea y luego continuó—: Éste es un caso de los más curiosos, lleno de hechos contradictorios. Me interesa, sí, me interesa extraordinariamente.

Por la tarde volvimos a la calle Prince Albert, número 88, y entrevistamos a Todd y a Simpson. Era el primero un melancólico caballero, de unos cuarenta años.

—¡Ah, sí, Elisa! Era una buena cocinera, mujer muy económica. A mí me gusta la economía.

—¿Alcanza a comprender por qué les dejó de manera tan repentina?

—Verá: los criados son así —repuso con aire vago—. Mi mujer se disgusta por todo. Le agota la preocupación constante. Y el problema es muy sencillo en realidad. Yo le digo: "Busca otra, querida. Busca otra cocinera. ¿De qué sirve llorar por la leche derramada?".

Mister Simpson se mostró igualmente vago. Era un joven taciturno, poco llamativo, que usaba gafas.

—Era una mujer madura. Sí, la conocía. La otra es Annie, muchacha simpática y servicial.

—¿Sabe si se llevaban bien?

Mister Simpson lo suponía. No podía asegurarlo.

—Bueno, no hemos obtenido ninguna noticia interesante, *mon ami* —me dijo Poirot cuando salimos de la casa después de volver a escuchar de labios de mistress Todd la explicación, ampliada, de lo ocurrido, que ya conocíamos desde la mañana.

—¿Está decepcionado porque esperaba saber algo nuevo? —dije.

—Siempre existe una posibilidad, naturalmente —repuso Poirot—. Pero tampoco lo creí probable.

Al día siguiente recibió una carta que leyó, rojo de indignación, y me entregó después.

"Mistress Todd —decía— lamenta tener que prescindir de los servicios de monsieur Poirot, ya que después de hablar con su marido se da cuenta de lo innecesario que es llamar a un detective para la solución de un problema de índole doméstica. Mistress Todd le incluye una guinea como retribución a su consulta..."

—¡Aja! —exclamó mi amigo lleno de cólera—. ¿Será posible que crean que van a desembarazarse de mí, Hércules Poirot, con tanta facilidad? Como favor, un gran favor, consentí en investigar ese asunto tan miserable y mezquino y me despiden, *comme ça*? Aquí anda, o mucho me engaño, la mano de mister Todd. Pero ¡no y mil veces no! Gastaré veinte, treinta guineas, si fuere preciso, hasta llegar al fondo de la cuestión.

—Sí. Pero ¿cómo?

Poirot se calmó un poco.

—*D'abord* —contestó— pondremos un anuncio en los periódicos. Un anuncio que diga, poco más o menos... sí, eso es: "Si Elisa Dunn quiere molestarse en darnos su dirección le comunicaremos algo que le interesa mucho". Publíquelo en los periódicos de mayor circulación, Hastings. Entretanto, verificaré algunas pesquisas. Vaya, vaya, ¡no hay tiempo que perder!

No volví a verle hasta por la tarde, en que se dignó referirme en un corto espacio de tiempo lo que había estado haciendo.

—He hecho averiguaciones en la casa donde trabaja mister Todd. Tiene buen carácter y no faltó al trabajo el miércoles por la tarde. Tanto mejor para él. El martes, Simpson cayó enfermo y no fue al banco, pero sí estuvo también el miércoles por la tarde. Era amigo de Davis, pero no muy amigo. De modo que no hay novedades por ese lado. Confiemos en el anuncio.

Éste apareció en los principales periódicos de la ciudad. Las órdenes de Poirot eran que siguiera apareciendo por espacio de una semana. Su ansiedad en este caso, tan poco interesante, de la desaparición de una cocinera, era extraordinaria, pero me di cuenta de que consideraba cuestión de honor perseverar hasta obtener el éxito. En esta época se le ofreció la solución de otros casos, más atrayentes, pero se negó a encargarse de ellos. Todas las mañanas abría precipitadamente la correspondencia y luego dejaba las cartas con un suspiro.

Pero nuestra paciencia obtuvo su recompensa al fin. El miércoles que sucedió a la visita de mistress Todd, la patrona nos anunció a una visitante que decía llamarse Elisa Dunn.

—*Enfin*! —exclamó Poirot—. Dígale que suba. En seguida. Inmediatamente.

Al verse así incitada, la patrona salió a escape y poco después reapareció seguida de miss Dunn. Nuestra mujer era tal y como nos la habían descrito: alta, vigorosa, enteramente respetable.

—He leído su anuncio, y por si existe alguna dificultad vengo a decirles lo que ignoran; que ya he cobrado la herencia.

Poirot, que la observaba con atención, tomó una silla y se la ofreció con un saludo.

—Su ama, mistress Todd —explicó—, se sentía inquieta. Temía que hubiera sido víctima de un accidente realmente serio.

Elisa Dunn pareció sorprenderse mucho.

—Entonces, ¿no ha recibido mi carta? —interrogó.

—No. —Poirot hizo una pausa y luego dijo con acento persuasivo—: Bueno, cuéntenos lo ocurrido.

Y Elisa, que no necesitaba que se la animase a hacerlo, inició al punto una larga explicación.

—Al volver el miércoles por la tarde a casa, y cuando casi me hallaba delante de la puerta, me salió al paso un caballero. "Miss Elisa Dunn, ¿estoy en lo cierto?", preguntó. "Sí, señor", respondí. "Acabo de preguntar por usted en el número 88 y me han dicho que no tardaría en llegar. Miss Dunn, he venido de Australia dispuesto a dar con su paradero. ¿Cuál es el apellido de soltera de su madre?" "Jane Ermott." "Precisamente. Bien, pues, aun cuando usted lo ignore, miss Dunn, su abuela tenía una amiga muy querida que se llamaba Elisa Leech. Esta muchacha se expatrió, se fue a Australia, y allí contrajo matrimonio con un hombre acaudalado. Sus dos hijos murieron en la infancia y ella heredó la propiedad de su marido. Ha muerto hace unos meses y le deja a usted en herencia una casa y una considerable cantidad de dinero."

»La noticia me impresionó tanto que hubieran podido derribarme con una pluma —prosiguió miss Dunn—. Además, de momento, aquel hombre me inspiró recelos, de lo que se dio cuenta, porque dijo sonriendo: 'Veo que es prudente, y hace bien en ponerse en guardia, pero mire mis credenciales'. Me entregó una carta y una tarjeta de los señores Hurts y Crotchet, notarios de Melbourne. Él era mister Crotchet. 'Ahora, que la difunta le impone dos condiciones para que pueda percibir la herencia (era algo excéntrica, ¿comprende?). Primero debe tomar posesión de su casa de Cumberland mañana a mediodía; luego, cláusula menos importante, no debe prestar servicios domésticos.' Yo quedé consternada. 'Pero, mister Crotchet, soy cocinera —dije—. ¿No se lo han dicho en casa?' '¡Caramba, caramba! No tenía la menor idea de semejante cosa. Creí que era aya o señorita de compañía. Es muy lamentable muy lamentable, desde luego.'

»¿Quiere decir que deberé renunciar a esa fortuna?, pregunté con la ansiedad que pueden ustedes suponer. Mister Crotchet se paró a reflexionarlo un instante. 'Miss Dunn —dijo después—, siempre existe un medio de burlar la ley, y nosotros, los hombres de leyes, lo sabemos. Lo mejor será que usted haya salido a primera hora de la tarde de la casa en que sirve.' 'Pero ¿y mi mes?', interrogué. 'Mi querida miss Dunn —repuso el abogado con una sonrisa—. Usted puede libremente dejar a su ama si renuncia al pago de sus servicios. Ella comprenderá en vista de las circunstancias. Aquí lo esencial es el *tiempo*. Es imperativo que tome usted el tren de las once y cinco en King's Cross para dirigirse al norte. Yo le adelantaré diez libras para que pueda tomar el billete y para que pueda enviar unas líneas desde la estación a su señora. Se las llevaré yo mismo y le explicaré el caso.'

»Naturalmente me avine a ello y una hora después me hallaba en el tren tan aturdida que no sabía dónde tenía la cabeza. Cuando llegué a Carlisle empecé a pensar que había sido víctima de una de esas jugarretas de que nos hablan los periódicos. Pero las señas que se me habían dado eran, en efecto, de unos abogados que me pusieron en posesión de la herencia, es decir, de una casita preciosa y de una renta de trescientas libras anuales. Como dichos abogados sabían poquísimos detalles, se limitaron a darme a leer la carta de un caballero de Londres en que se les ordenaba que me pusieran en posesión de la casa y de ciento cincuenta libras para los primeros seis meses. Mister Crotchet me envió la ropa, pero no recibí la respuesta de mistress Todd. Yo supuse que debía estar enojada y que envidiaba mi racha de buena suerte. Se quedó con mi baúl y me envió la ropa en paquetes. Pero si no le entregaron mi carta es muy natural que esté resentida.

Poirot había escuchado con atención tan larga historia y movió la cabeza como si estuviese satisfecho.

—Gracias, mademoiselle. En este asunto ha habido, como dice muy bien, una pequeña confusión. Permítame que le recompense la molestia —Poirot le puso un sobre cerrado en la mano—. ¿Piensa volver a Cumberland en seguida? Una palabrita al oído: *No se olvide de guisar*. Siempre es útil tener algo con qué contar cuando van mal las cosas.

—Esa mujer es crédula —murmuró cuando partió la visitante—, pero no más crédula que las personas de su clase. —Su rostro adoptó una expresión grave—. Vamos, Hastings, no hay tiempo que perder. Llame un taxi mientras escribo unas líneas a Japp.

Cuando volví en el taxi encontré a Poirot esperándome.

—¿Adónde vamos? —pregunté con viva curiosidad.

—Primero a despachar esta carta por medio de un mensajero especial.

Una vez hecho esto, Poirot dio unas señas al taxista.

—Calle Prince Albert, número 88, Clapham.

—Conque, ¿nos dirigimos allí?

—*Mais oui*. Aunque si he de serle franco temo que lleguemos tarde. Nuestro pájaro habrá volado, Hastings.

—¿Quién es nuestro pájaro?

Poirot sonrió

—El desvaído mister Simpson —replicó.

—¡Qué! —exclamé.

—Vamos, Hastings, ¡no diga que no lo ve claro ahora!

—Supongo que se ha tratado de alejar a la cocinera —observé, algo picado—. Pero ¿por qué? ¿Por qué deseaba Simpson alejarla de la casa? ¿Es que sabía algo?

—Nada.

—¿Entonces...?

—Deseaba algo que tenía ella.

—¿Dinero? ¿El legado de Australia?

—No, amigo mío. Algo totalmente distinto—. Poirot hizo una pausa y dijo gravemente—: Un baulito deteriorado.

Yo le miré de soslayo. La respuesta me pareció tan absurda que sospeché por un momento que trataba de burlarse de mí. Pero estaba perfectamente grave y serio.

—Pero digo yo —exclamé—, que de querer uno, podía adquirirlo.

—No necesitaba uno nuevo. Deseaba uno usado y viejo.

—Poirot, esto pasa de la raya —exclamé—. ¡No me tome el pelo!

El detective me miró.

—Hastings, usted carece de la inteligencia y de la habilidad de mister Simpson —repuso—. Vea cómo se desarrollaron los acontecimientos: el miércoles por la tarde Simpson aleja de casa, sirviéndose de una estratagema, a la cocinera. Lo mismo una postal impresa que el papel timbrado son fáciles de adquirir y además se desprende con gusto de ciento cincuenta libras, así como de un año de alquiler de la finca de Cumberland, para asegurar el éxito de sus planes. Miss Dunn no le reconoce: el sombrero, la barba, el leve acento extranjero, la confunden y desorientan por completo. Y así se da fin al miércoles... si pasamos por alto el hecho trivial, en apariencia: el de haberse apoderado Simpson de cincuenta mil libras en acciones.

—¡Simpson! ¡Pero si fue Davis!

—Déjeme proseguir, Hastings. Simpson sabe que el robo se descubrirá el jueves por la tarde y no va el jueves al banco, se queda en la calle a esperar a Davis, que debe salir a la hora de comer. Es posible que se hable del robo que ha cometido y que prometa a Davis la devolución de las acciones. Sea como quiera, logra que el muchacho le acompañe a Clapham. La casa está vacía porque la doncella ha salido, ya que es su día, y mistress Todd está en el mercado. De modo que cuando, más adelante, se descubra el robo y se eche a Davis de menos, ¡se le acusará de haber robado las acciones! Mister Simpson se sentirá para entonces seguro y podrá volver al trabajo a la mañana siguiente como empleado fiel a quien todos conocen.

—Pero ¿y Davis?

Poirot hizo un gesto expresivo y movió la cabeza.

—Así, a sangre fría, parece increíble. Sin embargo, no le encuentro al hecho otra explicación, *mon ami*. La única dificultad con que tropieza siempre el criminal es la de desembarazarse de su víctima. Pero Simpson lo ha planeado de antemano. A mí me llamó la atención el hecho siguiente: ya recordará que Elisa cuando salió de casa pensaba volver a ella por la noche, de aquí su observación acerca de los melocotones en conserva. Sin embargo, su baúl estaba cerrado y atado cuando fueron a buscarlo, Simpson fue quien pidió a Carter Peterson que pasara el viernes, de modo que fue Simpson quien ató el baúl el jueves por la tarde. ¿Quién iba a sospechar de un hecho tan natural y corriente? Una sirvienta que se sale de la casa en que sirve manda por su baúl, que ya está cerrado, y con una etiqueta que lleva probablemente las señas de una estación cercana. El sábado por la tarde,

Simpson, con su disfraz de colono australiano, reclama el baúl, le pone un nuevo rótulo y lo manda a un sitio "donde permanecerá hasta que manden a por él". Así cuando las autoridades, recelosas, ordenen que sea abierto, ¿a quién se culpará del crimen cometido? A un colonial barbudo que lo facturó desde una estación vecina a la de Londres y por consiguiente que no tendrá la menor relación con el número 88 de la calle Prince Albert de Clapham.

Los pronósticos de Poirot resultaron ciertos, Simpson había salido de la casa de los Todd dos días antes, pero no escaparía a las consecuencias de su crimen. Con la ayuda de la telegrafía sin hilos fue descubierto, camino de América, en el Olimpia.

Un baúl de metal que ostentaba el nombre de mister Henry Wintergreen atrajo la atención de los empleados de la estación de Glasgow y al ser abierto se halló en su interior el cadáver del infortunado Davis.

El talón de una guinea que mistress Todd regaló a Poirot no se cobró jamás. Poirot le puso un marco y lo colgó de la pared de nuestro salón.

—Me servirá de recuerdo, Hastings —dijo—. No desprecie nunca lo trivial, lo menos digno. Piense que en un extremo está una doméstica desaparecida... y en el otro un criminal de sangre fría. ¡Para mí, éste ha sido el más interesante de los casos en que he intervenido!

ÍNDICE